本所おけら長屋(十四)

畠山健二

PHP
文芸文庫

○本表紙デザイン＋ロゴ＝川上成夫

本所おけら長屋（十四）　目次

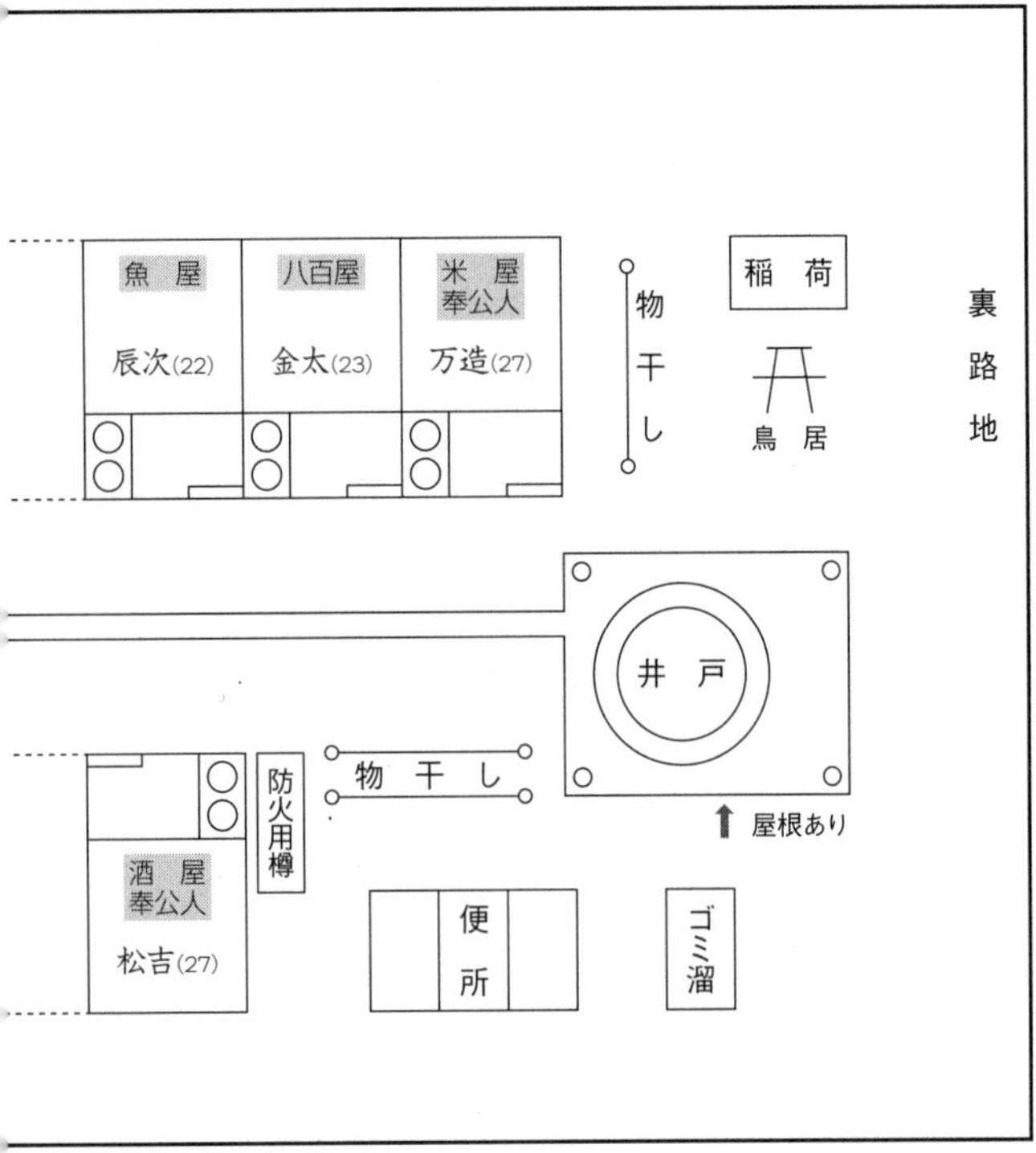

魚　屋
辰次(22)
八百屋
金太(23)
米　屋
奉公人
万造(27)
物干し
稲　荷
鳥　居
裏路地
井　戸
屋根あり
物　干　し
防火用樽
酒　屋
奉公人
松吉(27)
便所
ゴミ溜

本所おけら長屋の見取り図と住人たち

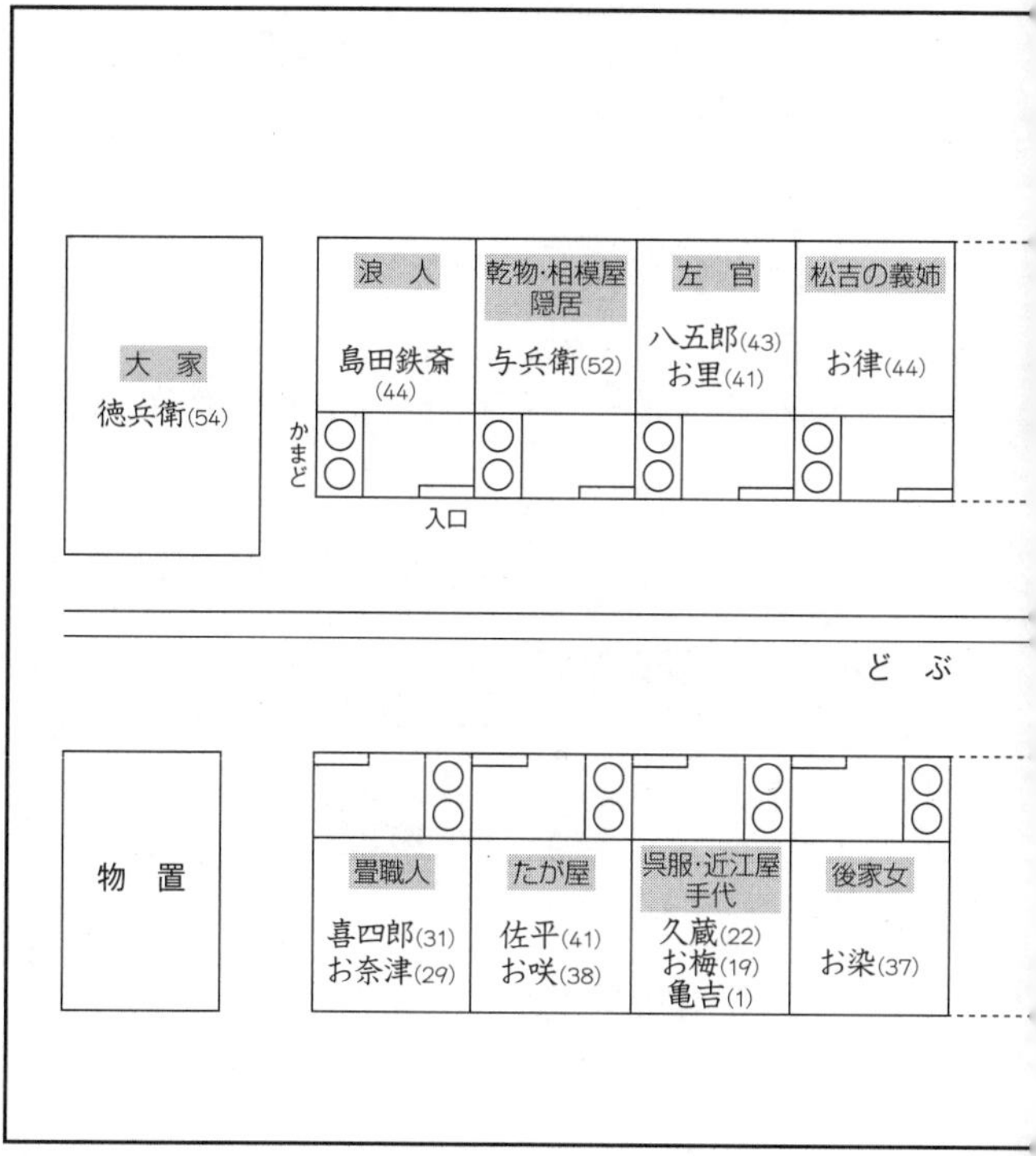

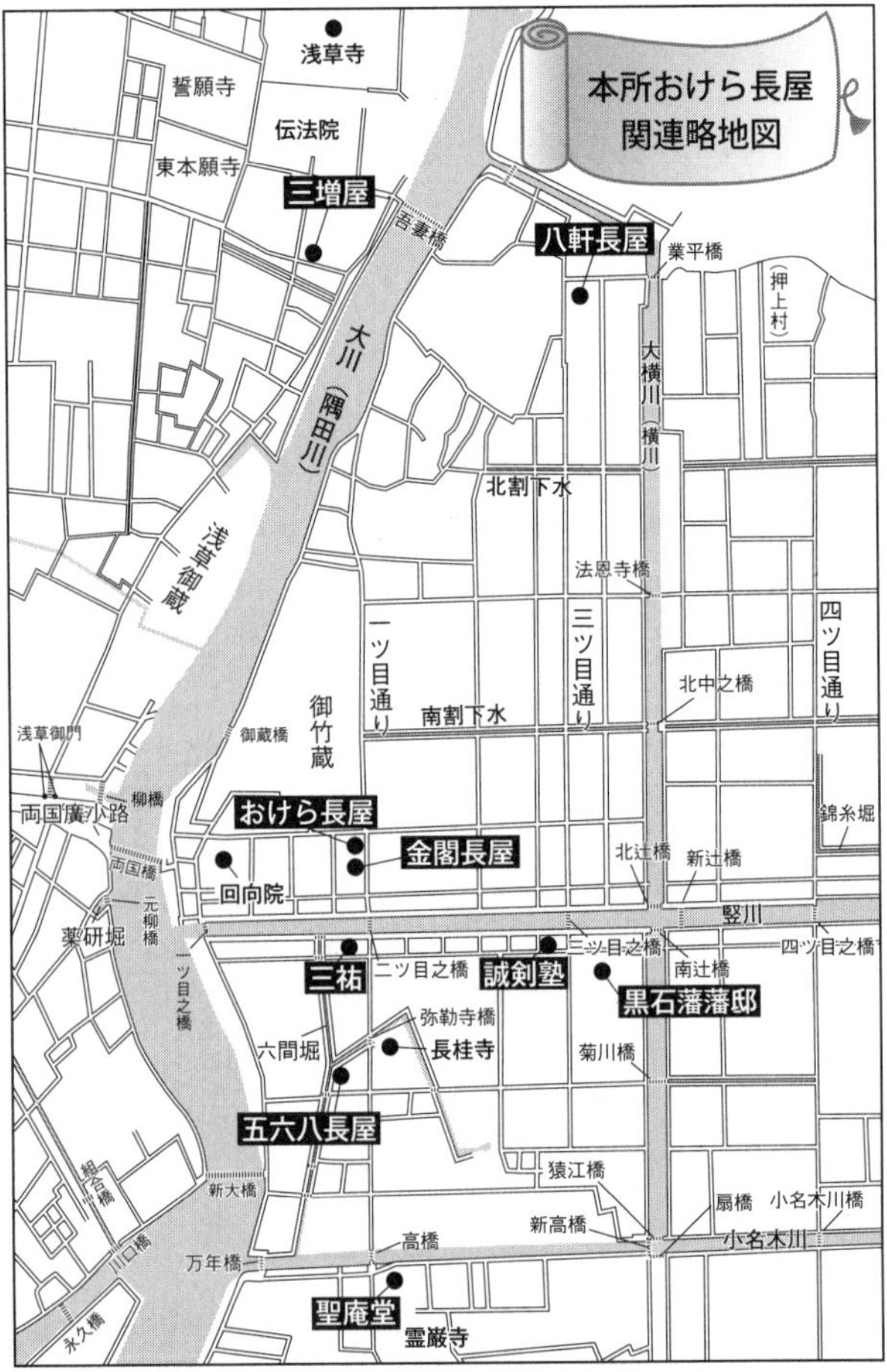
本所おけら長屋
関連略地図
浅草寺
誓願寺
伝法院
東本願寺
三増屋
吾妻橋
八軒長屋
業平橋
(押上村)
大川(隅田川)
大横川(横川)
北割下水
浅草御蔵
法恩寺橋
一ツ目通り
三ツ目通り
四ツ目通り
北中之橋
御竹蔵
南割下水
浅草御門
御蔵橋
柳橋
両国廣小路
おけら長屋
金閣長屋
錦糸堀
北辻橋
新辻橋
両国橋
回向院
元柳橋
竪川
薬研堀
一ツ目之橋
三祐
二ツ目之橋
誠剣塾
三ツ目之橋
南辻橋
四ツ目之橋
黒石藩藩邸
弥勒寺橋
六間堀
長桂寺
菊川橋
五六八長屋
猿江橋
組合橋
新大橋
扇橋
小名木川橋
新高橋
小名木川
川口橋
高橋
万年橋
聖庵堂
霊巌寺
永久橋

本所おけら長屋（十四）　その壱

まつあね

一

松吉《まつきち》の義姉《あね》、お律《りつ》がおけら長屋で暮らすようになって十日が過ぎた。人の心《こころ》根《ね》は表情《かお》や仕種《しぐさ》に表れる。お律は、すぐに受け入れられた。

長屋の路地を歩いていたお律は、八五郎《はちごろう》の家に引き込まれる。引き込んだのは、お里《さと》とお咲《さき》だ。

「な、何でしょうか」

お里は、お律の前に饅頭《まんじゅう》を差し出した。

「何でしょうかって、取って食おうってわけじゃないんだからさ。お律さんと饅頭を食べようと思ってね。伊勢屋《いせや》の饅頭はおいしいよ」

お咲はお茶を差し出す。

「そうだよ。まあ、その、饅頭でも食べながら、いろいろ話をしたいと思ってさ」

お律は身構える。

「あはは。たいした話じゃないよ。これからここで暮らしていく上で、知っておいた方がいいことを、ちょいと教えておこうと思ってね。ねえ、お里さん」

お里は頷《うなず》く。

「ああ。聞いといて損はないと思うよ。まずは、何から話そうかね。うん。まずは、この界隈《かいわい》で気をつけなければいけないことからにしよう」

お律は不安げだ。

「この界隈っていうと、亀沢町《かめざわちょう》のことですか」

「亀沢町だけじゃない。本所《ほんじょ》一帯ってことだよ。このあたりの人たちに〝松吉の姉さんですか〟と尋ねられたら、実の姉ではなく、義理の姉だってはっきりと言うんだよ」

「それは、どういうことでしょうか」

お咲は呆《あき》れ顔になる。

「どういうことって、松吉さんと血がつながってると思われたら、お律さんも同じような馬鹿《ばか》……、いや、その、同じような人だって思われるじゃないか。ねえ、お里さん」

「お律さん、万造さんと松吉さんは、この界隈じゃ〝万松《まんまつ》〟って呼ばれててね。〝万松は禍《わざわい》の元〟って有名なんだよ。ねえ、お咲さん」

「そうさ。〝騒動あるところに万松あり〟〝金や酒がなくなったところに万松あり〟ってね。このあたりの地回《じまわ》りや与太者《よたもの》だって、万松には近づきゃしないんだから」

「そ、そうなんですか……」

お里は笑いながら茶を啜《すす》る。

「まあ、半分は冗談《じょうだん》だけどね」

「ということは、半分は当たってるってことなんですね」

お里とお咲は茶を噴《ふ》き出しそうになる。お咲は手の甲《こう》で口を拭《ぬぐ》う。

「ところで、聖庵堂《せいあんどう》はどうだい」

お律は三日前から、大工町《だいくちょう》にある聖庵堂に通っている。病気になったのではない。お律には印旛《いんば》の田畑を亭主の妹に譲って得た二十両という金があり、当面の暮らしに困ることはない。だが、何もしないでいるわけにもいかず、人手《ひとで》が足りないという聖庵堂を手伝うことになったのだ。

「聖庵先生も、お満《まん》先生もとても優しくしてくれます」

「そりゃ、よかったねえ。聖庵堂では何をしてるんだい」

お律は印旛で生まれ育ち、百姓仕事しかしたことがない。江戸に知り合いもいないと聞いたお里やお咲は、お律の話し相手になってやりたいと思っているのだ。長屋暮らしでは女同士の絆《きずな》が大切だ。お律にも、そんなおけら長屋の女たちの気持ちはなんとなく伝わっている。

「だれにでもできる仕事です。血止めにたくさんの布切れを使うので洗濯は欠かせません。清潔《きれい》にしておかなければなりませんから。今までは、お満先生がやっていたそうですが、私がやれば、お満先生はもっと多くの患者さんを診《み》ることができます」

「そんなにたくさんの洗濯は大変だろう。辛《つら》くはないかい」

「百姓の仕事に比べれば、どってことはねえです。い、いや、ないです」

お里とお咲は笑った。

「いいんだよ、お律さん。あんたの喋《しゃべ》り方で。それに、お律さんはあたしたちより年上なんだよ。もっと気軽に話しておくれよ」

「そうさ。それから、何かあったら必ず相談しておくれよ。松吉さんには話しづらいことだってあるだろう。お染《そめ》さんでもいいし、お奈《な》っちゃんでもいい。おけら長屋の女たちは、助け合って暮らしていくんだから」

お律は、お里とお咲の言葉が素直に嬉《うれ》しかった。


お律が聖庵堂の裏庭にいると、垣根越しに顔を見せたのは松吉とお栄《えい》だ。

「ちょいと、義姉《ねえ》ちゃんの様子を見に来たんでえ」

「お満さんに裏庭にいるって聞いたもんですから」

土を耕《たがや》していたお律は、二人の顔を見て微笑《ほほえ》む。

「なんでえ、大根《でえこん》でも植えようってえのかい」

お律は鍬《くわ》を置くと、手拭《てぬぐ》いで汗を拭った。

「印旛では近くにお医者様なんていねえからね、庭に薬草を植えるんだよ。このドクダミは何にでも効《き》くんだよ。聖庵先生が、たくさん使いたいから育ててみてくれないかって」

「へえ〜、そうなのかい」

「だけどね、放っておくとドクダミだらけになっちまって、他の草が生《は》えなくなるから気をつけねえと。他の薬草も植えたいからね」

松吉は、お律が聖庵堂に馴染《なじ》んでいるようで安心した。お律は二人に近づくと声を落とした。

「ねえ、松吉ちゃん。お栄さんとのことは内緒にしてくれって……、それはどういうことなんだい。いつまで黙っているつもりなのか気になって。あんたたちのことに口を挟《はさ》む気はねえけど、このままじゃ、お栄さんがかわいそうじゃねえかと思って……」

松吉は他人事《ひとごと》のように笑う。

「義姉ちゃんの言う通りでえ。口は挟まねえでもらいてえなあ。あははは。心配《しんぺえ》しねえでくれ。お栄ちゃんもちゃんとわかってるからよ。それじゃ、おれは仕事があるんで先に行くぜ」

お律はお栄に尋ねる。

「お栄さん。本当なのかい」

お栄も他人事のように笑う。

「お律さん。心配しないでください。松吉さんには考えがあるんですよ。だから大丈夫。私たちはお互いの気持ちがわかり合えただけで十分なんです。そんなことより、〝お栄さん〟はやめてください。〝お栄ちゃん〟って呼んでください。そのうち、私も〝お義姉さん〟って呼ぶようになりますから」

お栄はそう言って微笑んだ。


雨の日の午後――。

お律が聖庵堂の門前で掃除をしていると、大柄《おおがら》な男が担《かつ》ぎ込まれてきた。両脇から男を抱《かか》えているのは、聖庵堂の三軒隣にある味噌《みそ》屋の奉公人《ほうこうにん》だ。

「高橋《たかばし》の脇で倒れてましてね。息はあるが、意識がないんで」

「聖庵先生か、お満先生はいないのかい」

お律は慌《あわ》てずに自分ができることを考える。

「聖庵先生とお満先生は、往診中なんです。まずは中に運んでください。お願いします」

布団《ふとん》に寝かされた男は息が荒く、お律の呼びかけには答えない。

「聖庵先生とお満先生は、佐野屋《さのや》さんにいると思います。申し訳ねえですけど、呼んできてもらえませんか」

「わ、わかった。八名川町《やながわちょう》の佐野屋さんだね」

奉公人たちは飛び出していく。お律は、男のずぶ濡《ぬ》れになった着物を脱《ぬ》がすと、身体《からだ》を拭《ふ》いた。全身傷だらけで、触《さわ》ると熱い。息が荒いのは大熱《おおねつ》のためだろう。

「お、おっかさん……」

男はうわ言を洩《も》らす。二十歳《はたち》を過ぎたころだろうか。自分に子供がいたら、こんな年ごろなのかもしれない。お律は、ふとそう思った。

「……おっかさん……」

お律は我に返る。聖庵とお満が戻るまでに、できるだけのことをしなければならない。湯を沸《わ》かして、布団をかけ、濡らした手拭いで額《ひたい》を冷やす。

聖庵とお満が戻り、お律は部屋の外で待った。しばらくすると、お満が出てきた。

「ありがとう、お律さん。びっくりしたでしょう」

お律は頭《かぶり》を振る。

「とんでもねえです。あ、あの、余計なことをしてしまったでしょうか」

「そんなことはないですよ」

「そ、それで、あの男《ひと》は……」

お満はひと呼吸《いき》おいてから――。

「身体中に傷があったでしょう。頭には硬い物で殴《なぐ》られたような痕《あと》もあるわ。意識がないのは頭の打撲が原因《もと》なのか、それとも何か他に原因があるのか……。とにかく今は、身体の熱が上がりすぎないようにしないと……」

お満は、お律の表情《かお》を見る。

「ごめんなさい。お律さんが、まず聞きたかったのはそんなことじゃないですよね。大丈夫、死んだりはしないって、聖庵先生もおっしゃってるわ」

お律は胸を撫《な》で下ろした。

「お満先生。今夜はここで、この人についていてあげてもいいですか。汗をかいたら拭いてあげてえし、額も冷やしてあげてえから」

「そうしてもらえれば、ありがたいけど……」

「大丈夫ですよ、気楽な独《ひと》り暮らしだし……。それに、あたしが一人のときに運ばれてきたのも何かの縁ですから。お満先生は昨日の夜から、ほとんど寝てねえんでしょう」

お満は佐野屋の隠居《いんきょ》が倒れて、枕元に詰めていたからだ。お律は頭を下げた。

「お願《ねが》えします。やらせてください」

「やめてください。頭を下げるのはこっちの方なんですから。わかりました。それじゃ、何かあったらすぐに呼んでくださいね。おけら長屋には伝えるようにしますから」

お律は一晩中、男の介抱《かいほう》をした。お律が手を握ると、男は「おっかさん……」とうわ言を繰り返した。

夜が明けて、雀《すずめ》の声が騒がしくなったころ、男はゆっくりと目を開いた。

「気がつきましたか」

お律は額に載《の》せていた手拭いを外《はず》すと、手をあてる。

「うん。熱もだいぶ下がったみてえだ」

男は跳《は》ね上がるように身体を起こすと、頭をおさえた。

「こ、ここはどこでえ……」

「大工町にある聖庵堂という治療院ですよ。お前さんは昨日……」

男はお律の言葉を遮《さえぎ》って――。

「お、おれの荷物はどこだ。どこにある」

お律が部屋の隅《すみ》に干しておいた着物を指差すと、男は着物に這《は》い寄り、袖《そで》の中を乱暴に調べる。

「ね、ねえ。風呂敷包《ふろしきづつ》みがねえ」

「ここに運ばれてきたときには何も持っていませんでしたよ」

「紫色の風呂敷包みでえ。どこにやりやがった。嘘《うそ》をつきやがると、ただじゃ済まさねえぞ」

「そんなことを言われても……」

騒動に気づいて、やってきたのはお満だ。

「どうしたんですか」

男はふらついて、その場に倒れ込む。

「お律さん。この人を布団に……」

男は、お律の手を払いのけた。

「おれに触るんじゃねえ。包みを出せと言ってるんでえ」

お満が大きな声を出す。

「いいかげんにしなさい。ここは治療院なのよ。あなたは頭に傷があるし、身体中に怪我《けが》もしている。布団に横になって落ち着きなさい。話は寝ながらでもできるはずよ」

お満の剣幕《けんまく》に気圧《けお》されたのか、男は布団に転《ころ》がると、浅く息を継いだ。

「金だ。金を知らねえか。二十両だ」

お満とお律は顔を見合わせる。

「に、二十両……」

「そんな大金を……」

お満は近くに座った。

「あなたは、ここに運ばれてきたときには意識がなかった。あなたは昨日、どこで何をしていたの。ゆっくりでいいから思い出して」

男は目を閉じた。

「惣八《そうはち》さんから二十両を借りて……、松戸宿《まつどしゅく》を出た……。川を渡って、もうすぐ押上村《おしあげむら》ってところで……」

男は頭を抱えた。

「そ、そうだ。そこで、あいつらに……。畜生《ちくしょう》。あいつらだ。畜生……」

男は立ち上がろうとする。

「こうしちゃいられねえ。世話になりやした。治療代は必ず持ってきやすから」

お律は男の肩をおさえた。お満は立ち上がる。

「ここから出すわけにはいきません。どんな理由《わけ》があるのかは知りませんが、命より大切なことではないはずです。今、無理をして、また熱が出ると、あなたは死んでしまいますよ」

「命よりも大切《てえせつ》なことなんでえ」

「それなら、なおさらです。死んでしまったら、その大切なこともできなくなるのよ。少しの辛抱《しんぼう》です。熱が下がって、滋養《じよう》をつければ多少の無理をしても大丈夫。あなたは若いし、こんなに頑丈《がんじょう》な身体をしてるんですから」

男は肩を落とす。身体中の力が抜けていくようだった。

「お粥《かゆ》を作ってきます。身体に力をつけないとね」

お満は、お律に目配《めくば》せをすると部屋から出ていった。男に心を開かせるには、自分よりもお律の方が適していると判断したのだ。お律は男を寝かせて布団を掛けた。

「お前さんの名はなんていうの？」

「新吉《しんきち》」

「新吉さんか。ねえ、昨日あったことをあたしに話してくれねえかい。ほら、あたしに話していれば、もっと大切なことを思い出すかもしれねえよ」

新吉は黙っている。

「さっき、松戸宿とか言ってたね。新吉さんは松戸宿の人なのかい。それとも、何か用事があって松戸宿に行ったのかい」

新吉は泣きだした。男泣きに泣いた。部屋の中が静かになるには、しばらくの時《と》間《き》がかかった。

「あっしは品川《しながわ》で人足《にんそく》をしてやす」

お律は、新吉の話を静かに聞く。

「あっしは孤児《みなしご》でしてね、両親《ふたおや》の顔はぼんやり覚えてるくらいでね。七つのときに火事のどさくさの中で拾われやした。両親が生きているのか、死んじまっているのかもわかりやせん。あっしを育ててくれたのは、品川宿にある日吉屋《ひよしや》っていう口入《くちい》れ屋の、守蔵《もりぞう》とお陸《りく》という夫婦です。品川宿あたりの口入れ屋といやあ、口減《くちべ》らしで江戸に出てきた田舎《いなか》の娘を、飯盛《めしもり》まがいの女中《じょちゅう》として旅籠《はたご》に送り込んだり、ろくな商《あきな》いをしねえ輩《やから》も多いんですが、守蔵さんとお陸さんは仏のような人でねえ」

新吉の表情《かお》が少し緩《ゆる》んだ。守蔵とお陸の顔が頭に浮かんだのかもしれない。

「守蔵の旦那《だんな》は三年前《めえ》に亡くなりやして、商いはお陸さんが引き継いだんでさあ。二年前のことですが、多摩川《たまがわ》に桟橋《さんばし》を造る大掛かりな普請《ふしん》があって、日吉屋も大勢の人足を送り込んでやした。ところが、嵐がきやしてね。桟橋が崩れて、桟橋を守ろうとした人足が流されて、多くの人足が死んだり、行《ゆ》き方《がた》知れずになってしまいやした。お陸さんは、その人たちの身内に金を払うことにしやした。嵐のせいなんですから仕方のねえことなんですが。お陸さんは、自分が周旋《しゅうせん》した仕事でこんなことになって申し訳が立たねえってんで、両手をついて謝りやしてね。組合も金は出してくれやしたが、残された身内にまでとなるととうてい足りねえ」

奉公口の周旋や仲立《なかだち》をする口入れ屋は、人宿《ひとやど》、受人宿《うけにんやど》などと呼ばれる。性質《たち》の悪い奉公人や口入れ屋を排斥《はいせき》するために、すべての口入れ屋が人宿組合に属するよう定められていた。

人宿組合は、このような場合には、組合全体で保障することになっている。しかし今回の事故は規模が大きかったため、請《う》け負《お》った普請へ新しい人足を差配《さはい》する金だけで手いっぱいとなり、亡くなった人足たちの身内にまでは、十分に行きわたらなかったのだ。

新吉は頭の傷に手をやった。

「痛むのかい」

「いえ、大丈夫《でえじょうぶ》です。品川に柴崎屋《しばざきや》さんという旅籠がありやしてね。先代から懇意《こんい》にしているんですが、この柴崎屋さんが請人《うけにん》になってくれやして、遠州屋《えんしゅうや》という金貸しからなんとか五十両を借りることができやしてね、亡くなった人足の女房や子供に金を払うことができたんでさあ。柴崎屋さんには足を向けて寝られやせん。その五十両を返《けえ》す期日が七日後なんでさあ。このままでは、柴崎屋さんにまで迷惑がかかっちまう」

「五十両の金は用意できなかったのかい」

　新吉は悲しげに頷いた。

「あっしは十歳《とお》のときに、守蔵の旦那の口利《くちき》きで、増上寺《ぞうじょうじ》の近くにある海苔《のり》屋に奉公したんですが、番頭《ばんとう》と折り合いが悪く、十五歳のときに飛び出しちまいまして、芝《しば》の浜で人足になったんでさあ。恩義ある守蔵の旦那とお陸さんを裏切っちまったあっしは、旦那さんとお陸さんに合わす顔がなくなって疎遠《そえん》になってしまいやした」

　お律は、新吉の額に載せた手拭いを取り替える。

「半年ほど前《めえ》に風の便りで、守蔵の旦那が亡くなったことを知りやした。恩知らずなあっしですが、せめて線香の一本でもと思って、お陸さんを訪ねやした。お陸さんは、あっしを温かく迎えてくれやした。二人には子供がいなかったので、お陸さんが商いを引き継いだことや、借金があって難儀《なんぎ》をしていることも知りやした」

「女が商いをするっていうのは大変だからねえ」

「もちろん、お陸さんも借金を返《けえ》すために家財を売ったりして三十両近くの金を用意しやした。あっしも雀の涙ほどの金をかき集めて、合わせて三十両。その金で、その遠州屋に掛け合ったんです。残りの二十両は必ず、一年のうちに返すからと」

「一年くらい待ってもらうことはできなかったのかい」

「へい。証文には、五十両、耳を揃《そろ》えて返すと書いてあるんで。期日までに返さねえと店《たな》を開け渡さなきゃならねえんです。だから、なんとしても、それまでに二十両の金を手に入れなきゃならねえ。死んだ旦那さんの遠縁が松戸宿の脇本陣《わきほんじん》近くで商いをやってやして、二十両を用立ててくれることになりやした。これで五十両の金ができやす。あっしは松戸に走りやした。これで、大恩ある旦那さんとお陸さんに恩返しができるって、飲み食いもしねえで走りやした。そして二十両の金を受け取ることができやした」

　新吉は目を閉じた。その目尻《めじり》からはひと筋《すじ》の涙が流れる。

「だから、だから、なんとしても二十両の金を持ち帰《けえ》らなくてはならねえんです。命に代えても持ち帰らなければならねえんです。それなのに、追剝《おいはぎ》に大事《でえじ》な金を奪われちまうなんて……」

「追剝の顔は見なかったのかい」

「いきなり、後ろから頭を殴られたもんで。あっしにできることは懐《ふところ》の金を守ることだけでした。ですが、何人かの野郎に殴られ、蹴《け》られて……。それからのことは覚えてねえんで……」

新吉は身体を震《ふる》わせた。

「情けねえ。なんて情けねえ男なんだ」

お律には、新吉が嘘をついているとは思えなかった。

「五十両を返《けえ》さなければならないのは七日後と言ったね」

新吉は力なく頷く。

「まだ、七日もあるじゃないか。諦《あきら》めちゃ駄目だよ」

「ですが、今日の夜までには必ず二十両を持ち帰ると言ってあります。遅くとも明日中にはと。もしかしたら、お陸さんは、あっしが金を持ち逃げしたと思うかもしれねえ。あっしがどう思われようと構わねえが、一刻《いっこく》も早くお陸さんを安心させてやりてえんです」

お律は、ゆっくり「それなら」と言ってから――。

「まずは、新吉さんの身体を治すことだ。新吉さんが死んでしまったら、そのお陸さんって人をだれが助けるんだい。新吉さん、これだけは約束してちょうだい」

お律は新吉の顔を正面から見つめた。

「勝手にここを出ていかねえこと。いいね。これから新吉さんには、やらなきゃならねえことがたくさん起きるのよ。だから、元気にならなきゃ。約束できるね」

考えてみれば何もかもお律の言う通りだ。新吉には返す言葉がなかった。

「二十両は、あたしが用意します」

新吉は耳を疑った。

「い、今、何と言ったんで……」

「二十両はあたしが用意すると言ったの。このことはだれにも言っちゃいけねえよ。約束だよ。なんだか約束だらけになっちゃったねえ」

　お満が粥を運んできた。

「お満先生。新吉さんは……、あっ、この人の名は新吉さんというそうで……。新吉さんは明日中に、どうしても品川宿に帰《けえ》らなければならねえそうです。明日、ここを発《た》つことはできるでしょうか」

　新吉はすがるような目でお満を見た。

「お願《ねげ》えです。どうしても帰らなければならねえんです」

　お満は、新吉の額に手をあて、手首をとって脈を診る。

「うん。あと二日は静かに寝ていてほしいけど、これなら大丈夫かも」

　優しかったお満の口調が厳しくなる。

「でも、私の言うことを守ってくださいね。品川宿まではゆっくり歩くこと。九ツ（正午）に出れば、陽《ひ》のあるうちに着けるでしょう。ただし、熱が下がっていなければ諦めてもらいます。そうなりたくなければ、このお粥をちゃんと食べること。玉子が入っているから精がつくはずよ」

　お律は粥が載った盆を受け取ると、新吉の前に置いた。

二

お律はおけら長屋に戻ると、大切にしまっておいた二十両を取り出した。松吉に相談しようか悩んだが、松吉は留守《るす》で、なんだかほっとした。話せば反対されるに決まっているからだ。二十両は大金だ。松吉に相談するか悩んだお律だが、新吉に二十両の金を渡すことに迷いはなかった。うなされる新吉が、「おっかさん」と言いながら自分の手を握ったからだろうか。お律にもよくわからなかった。お律は二十両を懐にしまうと、家を出た。

「お律さん。昨日は帰らなかったみたいだね。粋《いき》な女の朝帰りってやつかい」

井戸の近くで声をかけてきたのは、お染だ。

「そんなんじゃありません」

「洒落《しやれ》ですよ。お律さんは生真面目《きまじめ》な人だからねえ」

お染は笑った。

「お染さん。申し訳ありませんが、今日も帰らないかもしれねえって、松吉ちゃんに伝えてもらえませんか。聖庵堂に怪我人が担ぎ込まれて、忙しいものですから」

「そりゃ大変だねえ。でも、お律さん。あなたも無理をしないようにしてくださいよ」

「大丈夫です。聖庵堂で働かせていただくことが本当に嬉しいんです」

お律は聖庵堂に戻ると、自分の仕事をこなしながら、新吉の面倒《めんどう》をみた。

翌朝になると、新吉の熱はすっかり下がり、朝飯《あさめし》もまたたく間に平《たい》らげたので、お満は午後から品川宿に行くことを許した。お満が部屋から出てゆき、新吉と二人きりになると、お律は小さな巾着袋《きんちゃくぶくろ》を、そっと置いた。

「こ、これは……」

「昨日、二十両を用意すると言ったでしょう」

「そ、そんな……」

「中をあらためてね。ちゃんと二十両あるかどうか」

新吉は巾着袋をお律の方に押し返した。

「と、とんでもねえ。お律さんからこんなことをしてもらうわけにはいきやせん。それも、二十両という大金なんざ……」

　お律は微笑んだ。

「私にとっても大金だよ。でも使うあてはねえんです。新吉さんは命に代えても二十両を届けなければならねえんでしょう。だったら、このお金を使ってください」

　新吉は巾着袋を見つめた。

「名前《なめえ》を名乗っただけで、見ず知らずのあっしに二十両を貸してくれるというんですかい」

　お律は笑った。

「だから、さっきからそう言ってるじゃないの。このお金があれば、恩義ある人を助けることができるんでしょう」

　新吉はしばらく巾着袋を見つめていた。

「やっぱり、この金をお借りすることはできやせん。松戸の遠縁から借りた二十両はお陸さんがなんとかしてくれるかもしれねえが、お律さんからお借りした二十両は、あっしが返《けえ》さなければならねえ。二十両なんて大金を返すのに、どれだけかかるのか見当もつかねえ。もしかしたら、途中で投げ出しちまうかもしれねえ。ですから、お律さんの気持ちだけはありがたくいただいておきます」

　お律は笑った。

「さっきも言ったでしょ。あたしには使うあてのねえお金です。新吉さんが返《けえ》せるときに返してくれればいいんだよ」

　新吉の頰《ほお》に涙が伝った。

「それじゃ、証文を書かせてくだせえ。平仮名しか書けやせんが、何年かかっても必ず返すと書いて、爪印《つめいん》を押しやすから」

「証文なんて要《い》らねえ。証文があったって、返す気のない人は返さねえでしょう。証文がなくても返す人は返します。本当の証文というのは心の中にある。あたしはそう思うよ。さあ、中身をあらためて……」

　新吉は震える手で巾着袋の紐《ひも》を緩めると、布団の上に小判を落とした。

「へい。確かに二十両ありやす。五十両の借金を返したら、すぐに戻ってめえりやす。お礼はそのときに改めて言わせていただきやす。必ず、必ず、戻ってめえりやす。このご恩は一生忘れやせん」

新吉は布団から飛び出すと、床《ゆか》に正座をして両手をついた。

「もういいから手を上げなさい。ここを出るまで少しでも休まねえと、その二十両を持っていくことができなくなるよ」

新吉は顔を上げると、はにかんだような表情《かお》を見せた。

「あっしのおっかさんは、きっと、お律さんのような女《ひと》だと思いやす」

お律の心には、一点の後悔もなかった。


松井町《まついちょう》にある酒場、三祐《さんゆう》で万造、松吉、鉄斎《てっさい》が吞《の》んでいると、そこに顔を出したのは聖庵堂のお満だ。

「ちょっと、いいかな……」

歯切れの悪いお満の言葉に、三人は何かを感じる。万造は自分の横に薄い座布《ざぶ》団《とん》を差し出した。松吉はお栄が投げた猪口《ちょこ》を受け取ると、お満の前に置いた。

「まあ。一杯《いっぺえ》やってくれ。喉《のど》を湿《しめ》らすくれえならいいだろう」

お満は断らずにその酒を吞んだ。

「聖庵堂は人使《ひとづか》えが荒《あれ》えなあ。うちの義姉《ねえ》ちゃんを扱《こ》き使いやがって、二日も帰《けえ》ってこなかったそうだぜ」

お満が何も言い返さないので三人は拍子抜《ひょうしぬ》けする。万造が空《から》になったお満の猪口に酒を注《つ》いだ。

「なんでえ。なんかあったのかよ」

お満は小さく頷いた。

「その、お律さんのことなんだけど……。なんだか、告げ口をするみたいで嫌《いや》だなあ」

「ここまで来て、何を言ってやがる。とっとと喋りやがれ」

お満は、新吉が担ぎ込まれてきた経緯《いきさつ》を話した。

「新吉さんて人は、品川宿に大切な用事があったみたい。熱があって怪我もしているのに、どうしても行くって。私は止めたんだけど、命に代えても行かなければならないことがあったのよ。その理由《わけ》をお律さんに話したみたいなの」

松吉は、お満に詰め寄る。

「盗み聞きはしなかったのかよ。お満さんの得意技じゃねえか」

「人聞きの悪いことを言わないでよ。せめて、聞き耳を立ててるとか言ってよね」

「同《おんな》じじゃねえか。だから、盗み聞きはしたのかよ、しなかったのかよ」

「し、したわよ。したけど、途切れ途切れでよく聞こえなかったの」

「何をしてるんでえ。床下《ゆかした》に潜《もぐ》り込むとか、天井裏《てんじょううら》に忍び込むとかよ」

「私はネズミじゃありません」

万造が割って入る。

「それで、どんな話だったんでえ」

お満は焦《じ》らすように酒をゆっくり呑んだ。

「新吉って人は、追剝に遭《あ》って二十両という大金を盗まれたみたい。それは、命に代えても届けなければならないお金だった。担ぎ込まれた次の日に、確か明日までに品川宿にとか言ってた」

「ドジな野郎だぜ。そんな大事《でえじ》な金を追剝に盗《と》られるなんてよ」

「それで、今日、その新吉さんは品川宿に向かったんだけど……」

お満の歯切れが悪くなる。

「どうしたんでえ、通夜《つや》の口上《こうじょう》みてえになっちまってよ」

「私から聞いたって言わないでよ……。って、そんなことが守れるはずがないわね。でも、やっぱり万松の二人と島田さんには話しておくべきだわ。その二十両、お律さんが用立てて、新吉さんに渡したんだと思うの」

　万造と松吉は顔を見合わせた。その顔からは血の気《け》が引いていく。

「あははは。やっぱり、私の思いすごしよね。失礼だけど、お律さんがそんな大金を持ってるはずがないものね……。ど、どうしたのよ、二人ともそんな怖い表情《かお》をして」

　松吉は低い声で尋ねた。

「お満さん。どうして、義姉ちゃんが二十両の金を渡したと思ったんでえ。はっきり聞いたわけじゃねえんだろ」

「新吉さんが聖庵堂から出ていくとき、お律さんに何度も頭を下げていたから。面倒をみてもらっただけにしては大袈裟《おおげさ》すぎるわ。それに、新吉さんは両手でしっかりと懐をおさえていた。そこに二十両が入っていたからじゃないかしら」

「義姉ちゃんは、今どうしてる」

「さあ……。今日はもう、おけら長屋に帰ったと思うけど」

松吉は草履《ぞうり》を手に持って飛び出していった。

「ど、どうしたのよ」

万造は溜息《ためいき》をつく。

「お律さんは、二十両の金を持っていたんでえ。松ちゃんの死んだ兄さんが持っていた田畑を譲った金だ。人を疑うことを知らねえ田舎者《もん》だと見透かされて騙《だま》されたんだろうよ」

お満は絶句する。

「そ、そんなあ……」

鉄斎は静かに猪口を置いた。


松吉がお律の家に飛び込むようにして入ると、お律は座敷に座っていた。

「義姉ちゃん。ちょいとここに座ってくれ」

「もう、座ってるけど……。座らなきゃならないのは松吉ちゃんの方でしょ」

松吉はお律の言葉などは耳に入らない。

「聖庵堂に担ぎ込まれた男に二十両を用立てたって話は本当なのか」

　お律は苦笑《にがわら》いを浮かべる。

「すごいねえ。江戸ってところは。誰にも話しちゃいねえのに、もう松吉ちゃんの耳に入《へえ》っているのかい」

「そんなこたあ、どうでもいい。二十両の金を渡したのか、渡さなかったのか、どっちでえ」

「渡したけど……」

　松吉は天を仰《あお》いだ。

「あの金は、親父《おやじ》と良作《りょうさく》兄さんが残してくれた大事《でえじ》な金だ。どうして、おれに相談してくれなかったんでえ」

「松吉ちゃんはいなかったし、それに、相談したら、やめろって言うに決まってるから」

「当たり前《めえ》じゃねえか。二十両といやあ大金でえ。良作兄さんが大切《てえせつ》にしてきた田畑を譲った金でえ。言ってみりゃ、良作兄さんの魂《たましい》だ。良作兄さんそのものじゃねえか」

　お律は少し寂しそうな表情《かお》をした。

「松吉ちゃん。それは違うよ。あの人は二十両なんかじゃねえ。二十両出せば、あの人が帰《けえ》ってくるっていうのかい。あの人は、あたしの心の中にいるんだよ」

「そりゃ、理屈はそうかもしれねえが……」

「あたしが二十両という大金をもらえるように段取りしてくれた松吉ちゃんには、ありがてえと思ってる。でも、あたしは、そんなお金をもらう気はなかったんだよ。こうして、おけら長屋に住むことができて、聖庵堂で働かせてもらってる。それだけでもう十分さ。あたしには二十両なんて大金は要らねえんだよ」

「だからって、見ず知らずの野郎にくれてやるこたあねえだろう。しかも、そんな大金をよ……。まあ、ここで義姉ちゃんと言い争っても始まらねえや。とりあえず、話を聞かせてくれや。その男は、何者なんでえ」

お律は新吉とのやりとりを事細《ことこま》かに話した。

「それで、その新吉って野郎が世話になったという品川宿の口入れ屋はなんていうんでえ」

お律は少し考えてから――。

「お店《たな》の名前は聞いてねえ……」

松吉の顎《あご》は震えだす。

「そ、それじゃ、請人になってくれた品川宿の旅籠の名は……」

「……。しば、しば……。もう忘れたよ……」

松吉の震えは肩まで広がった。

「そ、そ、それじゃ、二十両を用立ててくれた松戸宿の脇本陣近くで商いをしてるって店は……」

「……。さあ……」

松吉の震えは全身に広がった。

「そ、そ、それじゃ、わかってるのは、口入れ屋の死んだ旦那が〝もりぞう〟って名で、女房が〝おりく〟ってことだけかよ」

お律は目を瞑《つぶ》って首を捻《ひね》る。

「ど、ど、ど、どうしたんでえ」

「確か、そんな名前だったような気がするけど、改めて聞かれると……」

松吉は後ろに倒れた。

「だ、大丈夫かい。松吉ちゃん」

松吉はよろけながら、なんとか起き上がる。

「そ、それはこっちの台詞《せりふ》でえ。義姉ちゃん、そりゃ間違《まちげ》えなく騙されてるぜ。あのなあ、義姉ちゃん。江戸ってえところは油断のならねえところなんでえ。生《い》き馬《うま》の耳に念仏《ねんぶつ》って言うじゃねえか」

「生き馬の目を抜く、じゃねえのかい」

「そうとも言うがな。人を見たら泥棒と思えってのが江戸の決まりごとなんでえ。泥棒だけじゃねえ。人を騙す奴《やつ》もたくさんいる。騙す方が利口《りこう》で、騙される方が馬鹿って世の中なんでえ。武蔵屋《むさしや》の隠居は占い師から、河原《かわら》に転がってる石を二十両で買わされて、毎日拝《おが》んでたって間抜けな話でえ。騙す奴らはよ、人の心の隙間《すきま》に入《へえ》り込んで、口八丁《くちはっちょう》手《て》八丁《はっちょう》でその気にさせちまうのよ」

お律は澄んだ目をして松吉の話を聞いている。

「でも、新吉さんが言っていたことは本当だと思う。あの人は嘘をついてねえ」

松吉は頭を抱える。

「だから、それが騙されてるっていうんでえ。話ができすぎてらあ」

「でも、あの人は……」

「まあ、黙って聞きねえ。緑町《みどりちょう》の煙草《タバコ》屋の宮田屋《みやたや》はこんな手口で騙されて、五両をやられたんでえ」

宮田屋にどこぞの店の丁稚《でっち》がやってきて、番頭に封書を渡した。封書を開くと――。

《娘のお美津《みつ》とお付きの女中は預かった。無事に返してほしければ、文《ふみ》を持ってきた丁稚の小僧に五両を渡せ。すぐにだ。小僧の後をつけたり、奉行所《ぶぎょうしょ》に知らせたら娘の命はない》

番頭は慌てて主《あるじ》を呼ぶ。文を読んだ主の顔は真っ青になる。

「番頭さん。お美津はどこに行ったんです」

「浅草奥山《あさくさおくやま》の見世物小屋《みせものごや》に行きました。行って見てきましょうか」

「この文には〝すぐに〟と書いてある。そんな時間《とき》はない。ど、どうすればいいんだ」

こんなときは、番頭の方が落ち着いて物事を考えることができる。

「いたずらかもしれません。ですが、旦那様。もし本当だったら、取り返しのつかないことになります。お嬢様の命には代えられません。ここは、この小僧に五両を渡すしかありません。五両などは、旦那様が吉原《よしわら》遊びを一、二度我慢すれば済むことです」

番頭は小僧に、金とはわからないように包んで五両を渡した。

一刻《いっとき》（二時間）ほどすると、娘のお美津は無事に戻った。それもそのはずだ。浅草奥山で遊んでいただけなのだから。

松吉は語気を強める。

「下手人《げしゅにん》は娘なんざ、さらっちゃいなかったんでえ。娘の名前《なめえ》と面《つら》を知ってりゃ、こんな騙《かた》りはだれでもできることでえ。通りすがりの丁稚に小遣《こづ》けえでもやりゃ、てめえの手を汚さずに済まあ。五十両や、百両じゃねえ。五両ってところが味噌なのよ。そのくれえの金なら、つい出しちまうじゃねえか。義姉ちゃん、江戸ってえのは、そんなところなんでえ。ああ、もっと早くこの話をしときゃよかったなあ」

松吉は頭を抱える。

「二十両かよ……。酒を浴びるほど呑んで、美味《うめ》えもんをたらふく食って、吉原《なか》に繰り出して、どんちゃん騒ぎをして……。ああ、目が回ってきやがった。義姉ちゃん、とりあえず奉行所に行こう。経緯を話して、人相書《にんそうが》きでも配ってもらえば、下手人が見つかるかもしれねえ」

「下手人だなんて。新吉さんはそんな人じゃねえったら」

「あのなあ。だから、義姉ちゃんは騙《だま》されてるんだよ」

「松吉ちゃん。あの二十両はあたしのお金なんだろう。だったら、あたしに任《まか》せておくれよ。新吉さんは、必ず戻ってきます」

「よし。それじゃ、賭《か》けようじゃねえか。その新吉って男が戻ってくるか、こねえか」

「そんな賭けはできねえよ」

「どうしてでえ」

「だって、あたしは、いつまでも待ち続けるから。十年でも、二十年でも待ち続けるから。だから勝ち負けなんてねえんだよ」

　お律は平然と答えた。

松吉が三祐に戻ると、まだ、万造と鉄斎は呑んでいた。お満は帰ったようだ。

「どうだったんでえ。その面《つら》を見りゃ、察しはつくがよ」

松吉は腰を下ろすなり、酒をあおった。

「まったく、田舎育ちってえのはどうしようもねえ。聖庵堂に担ぎ込まれた新吉って野郎に二十両を渡しちまったそうでえ」

松吉は、お律から聞いた経緯を話した。

「もう、その新吉って野郎は、江戸にはいねえだろうよ。その上、始末が悪いのが、お律義姉ちゃんが騙されたと思ってねえことでえ」

万造は頭を抱える。

「二十両かよ……。酒を浴びるほど呑んで、美味《うめ》えもんをたらふく食って、吉原《なか》に繰り出して、どんちゃん騒ぎをして、三日も居続けてよ……。ああ、目が回ってきやがった」

「おれは、三日も居続けるところまでは考《かんげ》えが回らなかったがな。わははは」

「笑いごとじゃねえだろ」

万造は鉄斎に酒を注ぐ。

「旦那。奉行所に届けたほうがいいですよね。金が戻ってくるこたあ、まずねえと思うが、まさかってこともある……」

鉄斎はその酒を呑んでから——。

「だが、その新吉という男が戻ってきたらどうする。奉行所に届けを出されたと知ったら、どんな気がするだろうな」

松吉は大きな溜息をつく。

「旦那まで何を言い出すんですかい。どこのだれかもわからねえ。名前《なめえ》だってでたらめかもしれねえ。証文も書いてねえ。ねえねえ尽くしじゃねえですかい。そんな野郎が戻ってくるとは思えねえ」

「あたしは戻ってくると思う。いいえ、必ず戻ってくるわ」

松吉が振り返ると、そこに立っているのはお栄だ。

「ど、どうして、そんなことが言い切れるんでえ」

お栄は笑った。

「その、新吉って男《ひと》が約束を守って戻ってきたら、みんなが温《あつた》かい気持ちになれるじゃない。人を信じるっていいなって思えるじゃない。あたしはそんな気持ちになりたいの。だから、その新吉って人は、必ず戻ってくる」

「そ、そりゃ、お栄ちゃんが描いてる夢物語だろ。世間はそんなに甘かねえや。新吉には二十両の金を返《けえ》すあてはねえんだぜ。なあ、万ちゃん」

万造は頷く。

「仮に、新吉の言ってることがすべて本当で、その二十両を持ち帰《けえ》って、世話になった口入れ屋を助けたとしようじゃねえか。この話はそこで終わりってことになっちまうだろうよ」

「終わるって、どういうことよ」

「だからよ、お律さんに二十両を返すかってことよ。証文はねえんだ。このやりとりを知ってるのは、お律さんと新吉って野郎だけだぜ。新吉を見つけたところで、新吉に〝そんなこたあ知らねえ〟と白《しら》を切られりゃ、お手上げだぜ」

「おれも、万ちゃんの言う通りだと思う。お栄ちゃんは甘《あめ》えぜ」

お栄も引かない。

「なんで決めつけるのよ。お律さんはね、新吉さんのことを信じてるのよ。だったら、お律さんと一緒に、新吉さんを信じてあげるのが、おけら長屋ってもんでしょう」

　鉄斎が割って入る。

「それくらいにしたらどうだ。ここで言い争っても仕方なかろう」

　お栄が鉄斎に尋ねる。

「島田さんはどう思ってるんですか」

「そうでえ。旦那《かんげ》の考えを聞こうじゃねえか」

「私の考えか……」

　鉄斎は酒を呑むと猪口をゆっくりと置いた。

「新吉は戻ってくると思う」

　お栄は胸を張る。

「ほらね。島田さんは、ちゃんとわかってるんだから。だいたい、あんたたちはね……」

　鉄斎は、お栄の言葉を止める。

「新吉という男が、お律さんに話したことは本当だと思う。新吉がお律さんを騙すなら、二十両などという大金の話を持ち出すはずがない。せいぜい一朱《しゅ》か二朱がいいところだろう。見ず知らずの男に二十両を貸すなどあり得ないし、そもそも、お律さんが二十両を持っているとは思わんだろうからな。それよりも、私が気になるのは……」

鉄斎は万造と松吉に酒を注ぐ。

「新吉が追剝に襲われて怪我をしていたということだ」

万造、松吉、お栄の三人は、黙って鉄斎の話を聞いている。

「松吉さんがお律さんから聞き出した話によると、新吉は押上村でいきなり後ろから襲われたそうだな。新吉は人足なのだろう。人足風情《ふぜい》の男を追剝が狙《ねら》うだろうか。大金を持っているとは思えん」

腕を組んで話を聞いていた万造が――。

「確かに腑《ふ》に落ちねえな。追剝が狙うとしたら行商帰りのお店者《たなもん》だろう」

松吉も頷く。

「追剝は、新吉が二十両持っているのを知っていたのかもしれねえ」

四人はしばらく黙っていた。最初に口を開いたのは、お栄だ。

「ちょっと待ってよ。今は新吉さんが戻ってくるかって話でしょう」

鉄斎は笑った。

「お栄ちゃんの言う通りだ。新吉が戻ってくるかは神のみぞ知ることだ。だが、新吉がお律さんのところに戻ってきたら嬉しいじゃないか。この世の中は捨てたもんではないと思えるではないか。それに……」

鉄斎はここで一度、言葉を切った。

「お律さんの人を見る目は正しい。そんな気がするからだ」

お栄は熱い徳利《とくり》を持ってくる。

「これは、あたしから島田さんに。あんたたちには呑ませないからね」

万造は懐からサイコロを二つ取り出した。

「ちょいと待ってくれや。こいつに訊《き》いてみようじゃねえか。丁《ちょう》が出たら新吉は戻ってくる。半《はん》なら新吉は戻ってこねえ」

「よしなさいよ、そんなことで決めるのは」

「悩んでるときは、サイコロで決めるのが一番なんでえ。松ちゃん、振ってくれ」

松吉は湯飲み茶碗の中にサイコロを放ると、手拭いを開いて湯飲み茶碗をかぶせた。四人の目線はそこに集まる。松吉は湯飲み茶碗をゆっくりと開いた。

「丁だ。しかもピンゾロときやがった。新吉は戻ってくるぜ」

お栄は大きな溜息をついた。万造は悔しそうな表情《かお》をする。

「何よ。半が出た方がよかったっていうの」

「そうじゃねえ。おれは一度信じたらとことん信じるのよ。行きてえなあ。品川によ。新吉って男がどうするか見届けてえじゃねえか。なあ、松ちゃん」

「ああ。だがよ、品川は遠い。得意先でもありゃ、なんとかなるが、おれの店《たな》も、万ちゃんとこの店も品川宿には関《かか》わりがねえからなあ」

「品川宿かあ……。残念だなあ」

お栄の目は吊《つ》り上がってくる。

「ちょっと、あんたたち。品川、品川って、遊びに行くつもりなんじゃないの」

品川宿は吉原に次ぐ色街として賑《にぎ》わっている。東海道の長旅から戻った男たちは、江戸を目前にした安堵《あんど》からか、最後の宿である品川で有り金《あがね》をはたいて遊んでしまうからだ。

鉄斎が刀を握る。

「旦那。どうしたんですかい」

「新吉が、金を返すのは六日後だったな。胸騒ぎがする。何かが起こりそうな気がするのだ」

鉄斎は刀を手に、立ち上がった。

三

品川宿に向かって四人の男たちが道を急ぐ。島田鉄斎が声をかけたのは火付盗《ひつけとう》賊改方《ぞくあらためかた》の筆頭与力《ひつとうよりき》、根本伝三郎《ねもとでんざぶろう》だ。

「昨日の今日だというのに、申し訳ない」

「このところは、江戸も平穏でな。ちょうど暇を持て余していたところに、渡りに船というやつだ。鉄さんの胸騒ぎとやら、面白いではないか」

鉄斎は昨夜、火付盗賊改方の役宅《やくたく》に根本伝三郎を訪ねた。鉄斎は南町奉行所《みなみまちぶぎょうしょ》の同心《どうしん》、伊勢平五郎《いせへいごろう》とも懇意にしているが、奉行所には月番《つきばん》や持ち場があり、急な話に応じることができない。だが、火付盗賊改方は独自に動くことができる。鉄斎は根本伝三郎に〝お律と新吉の一件〟を話した。

伝三郎の後には、若い町人姿の男と、年老いた下男《げなん》風の男が歩いている。

「源吾《げんご》。鉄さんの話を聞いて思い当たることはあるか。何でもよいから言ってくれ」

その男は、伝三郎配下の同心で寺田《てらだ》源吾といい、芝、品川あたりの見回りを受け持っている。

「新吉が世話になったという口入れ屋ですが〝もりぞう〟〝おりく〟という名が正しければ、すぐに特定できるはずです」

伝三郎は、火付盗賊改方の密偵《みってい》だという常助《つねすけ》という男にも声をかけた。

「常助。お前の出番があるかもしれぬ。頼んだぞ」

無口な常助は小さな声で「お任せくだせえ」と言うと、腰を折るようにして、頭を下げた。

「新吉が世話になったという口入れ屋が、借金を返すのが五日後。鉄さんの胸騒ぎが当たるかどうか、面白くなってきたな」

根本伝三郎は、ニヤリとすると足を速めた。

昨日、品川宿の口入れ屋、日吉屋に戻った新吉は、お陸の前に二十両を置いた。

「心配《しんぺえ》かけちまって申し訳ねえ」

お陸は頭に晒《さらし》を巻いている新吉を見て——。

「どうしたんだい、その姿は……」

「隠しても仕方ねえんで、本当のことを言いやす。松戸宿の惣八さんから二十両を貸していただきやして、その帰りに追剝に襲われて二十両を奪われてしまいやした」

「な、なんだって。そ、それじゃ、この二十両はどうしたんだい」

「怪我をして気を失っちまったあっしは、本所にある治療院に担ぎ込まれたんで。そこで働いてる、お律さんて人が用立ててくれやした」

お陸は驚く。

「二十両という大金を、その、お律って人が貸してくれたっていうのかい」

「へい。経緯《いきさつ》は話しやした。証文も要らねえ。この金で恩義ある人を助けてあげてくれと……」

「その、お律さんは金を持っていそうな人なのかい」

「いえ、その治療院の使用人で、あっしを夜通し看病してくれた人です。訛《なま》りも
あって、とても金を持ってそうには見えねえ」

「そんな人が二十両もの大金をねえ……」

新吉は膝《ひざ》を正した。

「女将《おかみ》さんにこれだけは言っておきやすが、二十両を追剝に奪われたのは、あっしの不始末です。お律さんから二十両を借りたのはあっしです。女将さんには関わりのねえ話なんで、そこんとこは思い違《ちげ》えしねえでくだせえ。申し訳ねえのは、松戸の惣八さんから借りた二十両の返済は、及ばずながら、あっしも手伝わせていただくつもりでしたが、勘弁してくだせえ。あっしは何年かかっても、お律さんに二十両の金を返《けえ》さなきゃならねえんで」

お陸は微笑んだ。

「馬鹿だねえ、あんたは……。あたしのために駆けずり回って金を集めて、あたしのために松戸まで走って、あたしのために追剝に襲われて、あたしのために死にそうになって……。手をついて頭を下げなきゃならないのは、あたしの方じゃないか。ありがとう、新吉……」

お陸は両手をついた。

「よ、よしてくだせえ。日吉屋の守蔵の旦那と女将さんは、あっしの命の恩人なんでえ。それなのに不義理を重ねたあっしを許してくれて……。恩返しができるのは、こんなときしかありやせん」

新吉は、お陸の手を握って両手を上げさせた。

「これから、この二十両を持って、両替屋の丸木屋《まるきや》さんに行ってきまさあ。物騒《ぶっそう》な世の中ですから、三十両と合わせて丸木屋さんの金庫《かねぐら》で預かってもらった方がいいでしょう。それから、六日後、金を返《けえ》す場所ですが、やはり丸木屋さんの座敷を借りようと思いやす。五十両もの金を懐に入れて歩くのは危ねえ。また追剝にでも襲われたら洒落になりやせん。証文を返してもらうときは、柴崎屋さんと丸木屋さんにも立ち会ってもらおうと思いやす」

新吉は二十両の金を晒で包むと、しっかりと腹に結びつけた。

蛇《じゃ》の道は蛇《へび》。品川宿についた火付盗賊改方は、半刻《はんとき》（一時間）もせずに、新吉が世話になった口入れ屋が日吉屋であることを突き止めた。根本伝三郎と鉄斎は宿に入り、寺田源吾と常助から知らせが入るのを待つ。半刻ほどすると、寺田源吾が戻ってきた。

「新吉は日吉屋にいるようです。特に動きはありません」

「そうか、ご苦労だった。とりあえず、喉を湿らせろ」

根本伝三郎は寺田源吾に酒を勧めるが、源吾は断った。

「まだ、続きがありまして……。常助が品川宿を歩きたいと申しますので、好きにさせることにしました。常助の勘は相当なものです。何かを嗅《か》ぎつけるかもしれません」

密偵の常助は、元盗人《ぬすっと》で、人の動きや目つき、店構えを見ただけで何かを感じることができる。

寺田源吾は両手で持った盃《さかずき》を前に出した。

「なんだ、こやつ。やはり呑むのではないか」

「はい。話は終わりましたもので」

「深酒はいかんぞ。いつでも動けるようにしておかねばならんからな」

「はっ。喉を湿らす程度ですから」

寺田源吾は喉を湿らす前に、喉を鳴らした。


南《みなみ》品川宿《しながわしゅく》の外れにある柴崎屋の二階座敷で膝を突き合わせているのは、主の義左衛門《ぎざえもん》と番頭の仙太郎《せんたろう》、そして、ごろつきの頭《かしら》、音蔵《おとぞう》である。

「音蔵。ここに来るのに、だれにも気づかれちゃいないでしょうね」

「へい。抜かりはありやせん」

音蔵は頭を上げ、言葉を続ける。

「それにしても、新吉の野郎が生きていたとは……。後ろから石で頭を殴って、懐から二十両を奪った後、よろけるように立ち上がった新吉は川に落ちちまいまして。まず、生きちゃいねえと思ったんですが」

義左衛門はまるで世間話でもするかのように――。

「それにしても、新吉はどこで二十両を手に入れてきたのでしょうか」

音蔵は頷く。

「日吉屋に五十両を返《けえ》されちまったら元《もと》の木阿弥《もくあみ》だ。せっかく、押上村で危ねえ橋を渡ったのによ。旦那。こうなったら、日吉屋に押し込んで五十両をふんだくるしかねえ。それが一番手っ取り早《ばえ》えですよ」

「馬鹿なことを言わないでおくれ」

義左衛門は煙管《キセル》を手に取った。

「新吉は追剝に襲われているんですよ。用心深くなっているに違いありません。金を日吉屋に置くことはないでしょう。それに、奉行所や火盗改《かとうあらため》をなめてはいけませんよ。私たちの手が一度も後ろに回らないのは、なぜだかわかりますか。遠回りをしてでも、念には念を入れて用心深くやってきたからですよ。命あっての物種《ものだね》です。お縄になって首を刎《は》ねられたら、すべてが終わりだ」

義左衛門は音蔵に酒を注いだ。

「新吉が松戸に二十両を取りに行くと、猪之吉《いのきち》から聞いたときは驚きました。お陸と新吉が金をかき集めていたそうだが、五十両を用意するのは無理だとわかっていましたからね」

音蔵はその盃を両手で受けると、ありがたそうに呑んだ。

「へい。旦那が言う通りに、押上の与太者を集めて新吉を襲わせやした。万がいち襲った連中がお縄になったとしても、柴崎屋の名が出ることたあねえですから」

義左衛門は満足そうだ。

「日吉屋は、この柴崎屋のことを信じているんです。それを使わぬ手はありません。商いは信用がすべてです。日吉屋を乗っ取った後も、柴崎屋義左衛門は善人でなければなりません」

柴崎屋の主の義左衛門は、表向きは善人で通っているが、裏では音蔵の手下《てした》を使って、悪事を働いていた。品川宿のよからぬ店や女郎宿と通じており、裏で口入れをした者たちから上前金《うわまえきん》をせしめる。料理屋の下働きだと娘を騙し、飯盛女にしてしまう。足抜けをしようとした女郎には、年季《ねん》を倍にしてその収入《あがり》を懐に入れる。鉄火場《てつかば》の元締めとも通じており、高利貸しの取り立ても行っていた。すべて、音蔵たちを使い、自《みずか》らは一切表に出ない。

柴崎屋義左衛門の狙いは、日吉屋の土地と、日吉屋が持つ口入れ屋の組合株だ。日吉屋は小さいながら口入れ屋の老舗《しにせ》で、地元の口入れ屋の組合頭を務め、店は品川宿で一番よい場所にある。その土地も狙いだが、義左衛門が喉から手が出るほどほしいのが、日吉屋が所持している株だ。株が手に入れば、大びらに口入れ稼業ができるようになり、品川宿を思い通りに動かすことができる。

義左衛門は手荒い手段は好まない。商いは信用第一。日吉屋に同情が集まるようなやり方では、後々の商いに差し障《さわ》りが出るからだ。

「私はね、日吉屋は期日までに五十両の金は返せないと踏《ふ》んでいたんですよ。私は請人です。日吉屋が金を返せなくなれば、こっちにも火の粉《こ》が飛んできます。日ですが、金貸しの遠州屋にも手は打ってあります。足りない金は私が出して、日吉屋を助けるとね。世間の人たちは〝仏の柴崎屋〟と言うでしょう。そして、日吉屋のお陸には、これからは力を合わせて一緒に商いをやっていきましょうと手を差し伸べます。日吉屋に断る理由《わけ》などはありません。いや、断ることなどできません。柴崎屋が金を出さなければ、店は人手に渡っていたかもしれないのですからね。それから先は容易《たやす》いことです。女主人の商いなど、どうにでもなります。そもそも日吉屋に商いを続ける力はありません。放っておいても、あの店や株はこの柴崎屋のものになります。お上《かみ》も組合も世間も、この柴崎屋が株を引き継ぐことに異論はないでしょう。それどころか、柴崎屋に引き継いでほしいと頼んできますよ。それなのに……」

義左衛門は煙管で煙草盆を叩《たた》いた。

「五十両を返されてしまったら、今までの苦労が水の泡です」

番頭の仙太郎が義左衛門に酒を注いだ。

「旦那様。私に考えがあります」

仙太郎は、したり顔になる。

「ほう。聞きましょう」

仙太郎は考えた手立てを話した。

「大丈夫です。音蔵の仲間を使いますので、柴崎屋は表には出ません。万事、心得ておりますのでお任せください」

品川宿の女郎屋、藤間楼《ふじまろう》で青い顔をしているのは旗本《はたもと》の嫡男《ちゃくなん》、鈴木基之介《すずきもとのすけ》だ。

「いきなりそのようなことを言われても困る」

いつもは媚《こ》びへつらう藤間楼の番頭だが、今日は顔つきが違った。

「若様。溜《た》まったツケは五十両でございますよ。うちの旦那も、いつまでも甘い顔はしてられないと申しておりまして……」

鈴木基之介は、高輪《たかなわ》の若様との異名《いみょう》を持つ旗本の放蕩《ほうとう》息子で、取り巻きの連中を藤間楼に連れてきては派手な遊びを繰り返していた。

「ま、待ってくれ。近いうちになんとかするから」

「近いうちとは、いつでございますか。若様。本当に払うあてがあって、おっしゃっているのでしょうね」

基之介は黙る。

「うちの旦那は、高輪のお殿様のところにお伺《うかが》いして、お支払いいただくと申しておりますよ」

「お、親父殿に……。ば、馬鹿なことを言うな。そんなことをされたら、おれは勘当《かんどう》になる」

「では、この藤間楼はどうなるのです。旦那は高輪のお殿様に……」

基之介は両手をついた。

「そ、それだけはやめてくれ、あんな堅蔵《かたぞう》に話が通じるわけがない。おれは間違いなく勘当だ」

「世間をなめてもらっちゃ困りますよ。若様が勘当されようが、藤間楼には関わりのないことでございます。ツケが三十両を超えたときにも、若様にはご忠告申し上げたはずです」

基之介は泣きっ面《つら》になった。番頭は心の中でほくそ笑む。

「若様。ちょいとした余興《よきょう》がございましてね。役者が要るんですよ。若様は打って付けなんですがね。なーに、難しいことじゃございません。子供にもできる役柄です。手を貸していただければツケの払いは待ちましょう。若様の働きによっては帳消しってことにしてもよろしゅうございますよ」

基之介は顔を上げた。

「まさか、泥棒でもさせようというのではあるまいな」

番頭は大声で笑う。

「ご冗談を。ですから、ほんの余興です。ほんの一刻、いや一刻なんてもんではございません。すぐに終わる芝居です。嫌だとおっしゃるなら、無理にお頼みはしません。若様が勘当になるというので、お助けしようと思ったまでですから」

「わかった。やる。いや、やらせてくれ。くどいが罪になるようなことではないのだな」

「もちろんでございます。ただ、他言は無用です。それだけは守っていただきます。守っていただけないときは、覚悟していただきますよ。よろしゅうございますな」

基之介は何度も頷いた。

四

五十両の借金返済まで、あと三日。日吉屋にやってきたのは、柴崎屋義左衛門だ。奥の座敷に通された義左衛門は下座《しもざ》に座る。お陸は恐縮する。

「柴崎屋さん。どうぞこちらに座ってくださいまし」

「いやいや。私はこちらで結構でございます」

お陸は改めて低頭《ていとう》した。

「こちらからお伺いするのが筋ではございますが、いろいろと取り込んでおりましたもので申し訳ございません。今日の午後にでもお伺いするつもりでおりました」

義左衛門は下手《したて》に出る。

「何をおっしゃいますか。日吉屋さんにご足労《そくろう》いただくなど、とんでもないことでございます。それで、三日後の件ですが……」

「はい。巳《み》の刻《こく》（午前十時）に丸木屋さんで。証文には柴崎屋さんの名も記されているので、お立ち会いをいただければと思っております」

「かしこまりました。巳の刻に両替屋の丸木屋さんですね」

お陸は改めて頭を下げる。

「柴崎屋さんが請人になってくれなければ、五十両をお借りすることはできませんでした。なんとか、柴崎屋さんにご迷惑をかけずに済みそうです」

「困ったときはお互い様ではありませんか」

「そ、それで、請人をしていただいたお礼の件ですが、しばらくお待ちいただけないでしょうか。いろいろと物入りが続いたものですから」

義左衛門は大袈裟に頭《かぶり》を振った。

「そんなものを頂戴《ちょうだい》する気は毛頭《もうとう》ございません。私は亡くなった守蔵さんに数え切れぬほどお世話になりました。これからも何かございましたら、何なりとお声をかけてください」

帰りがけに、柴崎屋の草履を揃えたのは、日吉屋で下働きをしている猪之吉だ。義左衛門は猪之吉と目を合わせることなく、表に出ていった。


翌日の巳の刻。

血相を変えて日吉屋に飛び込んできたのは、下働きの猪之吉だ。座り込んだ猪之吉は、籠《かご》の中に入っていた野菜を土間にぶちまける。奥から出てきたのはお陸だ。

「どうしたんです、猪之吉。そんなに慌てて」

猪之吉は土間に座り込んだまま――。

「し、新吉さんが、大変《てえへん》なことになりやした」

「新吉が……。ど、どうしたんだい。猪之吉、落ち着いて話してごらん。今、水を持ってくるから」

猪之吉は水を飲み干すと息を整える。

「買い物帰りに、千代田《ちよだ》さんの前を通りますと、人だかりができてやして、なんだろうと思って足を止めやすと、人垣を割るようにして出てきたのが、新吉さんでして。何人かのお侍《さむらい》に取り押さえられているようでした」

「し、新吉が何をしたっていうんだい」

荒かった猪之吉の息は、だいぶ落ち着いてきた。

「見ていた人に尋ねやした。その人たちが言うには……。たぶん、遊女屋で遊んだ朝帰りの若侍たちじゃねえかってことです。子供が投げた石が、その中の一人の額に当たったらしく、血が流れたとか。まだ、朝酒が残ってたのかもしれねえが、武士の額に傷をつけたってんで、無礼討《ぶれいう》ちってやつです。侍が刀を抜いて子供に斬《き》りかかろうとしたときに、一人の男が飛び込んできたそうでさあ」

お陸は青ざめる。

「そ、それが、新吉だっていうのかい」

「へ、へい」

「それで、どうなったんだい」

「新吉さんは、その侍を押し倒したそうで。侍は腕だか肩だかを怪我したみてぇで、骨が折れたって大騒ぎになったようです」

「子供はどうしたんだい」

「新吉さんが〝逃げろ〟と怒鳴《どな》ったらしく、逃げたそうです」

「それで、新吉は……」

「何人かの若侍に取り押さえられて、連れていかれたとか。見ていた人たちは、〝かわいそうにねえ。子供を助けたのに、お手打ちは免《まぬが》れないだろう〟って言ってやした」

「そ、そんな馬鹿な……」

「別の人が言うには、その侍は高輪の若様と呼ばれる旗本の放蕩息子だそうで、品川じゃ知られた男のようです。もちろん、悪い評判ですが」

お陸はその場に座り込む。お陸の頭の中は真っ白になっている。どうすればよいのか、何もわからない。

そこにやってきたのは柴崎屋義左衛門だ。

「お陸さん。その様子だと、新吉さんのことは聞いたようですな。私も出入りの者から話を聞きまして、取る物もとりあえず駆けつけました」

今、お陸がすがることができるのは柴崎屋義左衛門しかいない。

「柴崎屋さん。どうすればよいのでしょうか。新吉はもうお手打ちになってしまったのでしょうか」

「お陸さん。落ち着いてください。すぐにお手打ちにはならないでしょう。新吉さんの素性《すじょう》を調べるはずです。格上の旗本屋敷に関わる者だったら、面倒なことになりますからな」

「新吉を連れていったのは、どこのお侍なのでしょうか」

「聞いたところ、高輪の大身《たいしん》旗本、鈴木家の嫡男で基之介様とか」

「どうにかならないものでしょうか」

「私の知り合いに、鈴木様のお屋敷に出入りしている料理屋がおります。確か、基之介様とも面識があるとか。私からその料理屋にお願いしてみることはできますが……。ただ、旗本の嫡男が町場《まちば》の人足に怪我をさせられたなど、武士の面目《めんぼく》が立ちません。このことはだれにも口外しないと口固めをして、金で解決するしか……」

「お金……。どれくらい用意すれば……」

義左衛門は唸《うな》りながら考える。

「三十両……。いや、五十両……。私の方でも、できるだけの用意をいたしましょう」

お陸の顔つきが変わった。

「丸木屋さんに五十両あります。それを使ってください。お願いします」

「しかし、その五十両は明後日……」

「新吉の命には代えられません。どうか、お願いいたします。私はすぐ、丸木屋さんに参ります。柴崎屋さんは、その料理屋の方に掛け合っていただけませんか」

「わかりました。できるだけのことはやってみましょう」

翌日の正午過ぎ、新吉は戻ってきた。

新吉はお陸に詰め寄る。

「なんてことをしてくれたんですか。あっしなんか、どうなったって構わねえんですよ。こんな人足が死んだところでどってことはねえんで。明日はどうするんですかい。五十両の借金はどうするんですかい」

お陸は優しい表情《かお》をしている。

「新吉。お前は見ず知らずの子供を命を張って助けたんだってねえ。私にとってお前は見ず知らずの者《もん》じゃない。恩人じゃないか。そのお前を見殺しにしろって言うのかい。そんなことが、できるわけがないだろう」

「ですが、明日の……」

お陸は茶を啜った。

「なんだかさっぱりしたよ。桟橋の事故で商いが傾いてから、店の奉公人は一人二人と去っていき、残ったのは年老いた番頭と猪之吉だけ。その番頭さんも腰が悪くて寝込んだままだ。冷たいねえ、世間の風ってやつは。もう、このあたりが潮時《しおどき》かもしれないよ」

新吉は肩を落とした。

「明日は、丸木屋さんでありのままを話すしかないだろう。五十両は返せないと頭を下げて、心から詫《わ》びて、そして……。この店を明け渡せば済むことさ」

新吉の頬を涙が流れた。

「それじゃ、女将さんは、これからどうされるんで……」

「さあ。どうしようかねえ」

「申し訳ねえ。申し訳ねえ。あっしのせいで……」

新吉は頽《くずお》れた。

「どうして謝るんだい。お前は悪いことなんか何もしてないだろう」

お陸は新吉の背中を優しく叩いた。


明けて、いよいよ期日の日。お陸は新吉を伴って丸木屋に向かった。座敷で二人を待っていたのは金貸し業の遠州屋と柴崎屋義左衛門、そして、立ち会いを頼んだ丸木屋の主である。

「遠州屋さん。私どもの不始末で、五十両はお返しすることができなくなりました。証文にある通り、日吉屋を明け渡しますので、それでご勘弁ください」

お陸は深々と頭を下げた。丸木屋の主は溜息を洩《も》らす。

「一昨日《おととい》、お陸さんが五十両を引き出しに来たときには驚きました。理由《わけ》を訊いても、何もおっしゃらない。あの五十両はどうされたのでしょうか」

お陸は頭を上げた。

「その理由は、ご勘弁を。とにかく五十両をお返しすることはできなくなりました。遠州屋さん。日吉屋の値が五十両を下回るとは思えません。日吉屋を明け渡せば五十両の借金は帳消しということでよろしいですか。よろしければ、丸木屋さんにその証文を書いていただきます」

柴崎屋義左衛門が動いた。

「ちょっと待ってください。柴崎屋は請人になっています。日吉屋さんが五十両を返せないときは、この柴崎屋が返すということです。私は亡くなった守蔵さんにはいろいろとお世話になりました。日吉屋さんをお助けするのが、この柴崎屋の務めだと思っています。どうでしょう、お陸さん。この柴崎屋に五十両を肩代わりさせてもらうわけにはいかないでしょうか。そして、私と一緒に商いを続けてみてはいかがですか。もちろん、日吉屋さんの看板はそのまま使っていただいて構いません」

お陸は少し後ろに下がった。

「そ、そんな……。そこまで柴崎屋さんのお世話にはなれません」

「遠慮は要りませんよ。日吉屋の看板を守ることが、亡くなった守蔵さんの供養《くよう》になるのではありませんか。それに、ここだけの話ですが、五十両は新吉さんを助けるために使ったのです。私はお陸さんの優しさに心を打たれました」

義左衛門は懐から五十両を取り出して、お陸の前に置いた。

「どうぞ、これをお使いください」

お陸と新吉は、二つの切餅《きりもち》を見つめた。

そのとき、襖《ふすま》が開いた。

「そこまでだ」

そこに立っているのは、根本伝三郎、寺田源吾、島田鉄斎の三人だ。座敷にいる者たちは何が起こったのか、まるでわからない。前もって話を聞かされていた丸木屋の主を除いてだが。

「火付盗賊改方筆頭与力、根本伝三郎である。動くでないぞ。日吉屋お陸。その五十両はのう、包みは変わっておるが、一昨日、その方がこの丸木屋から引き出した五十両だ」

義左衛門の顔からは血の気が引く。お陸は当惑《とうわく》するばかりだ。

「えっ。そ、それは、どういうことでございますか」

「旗本の馬鹿息子と子供の一件は、この柴崎屋が仕組んだ芝居よ。馬鹿息子は本物だが、子供は柴崎屋に出入りする与太者の倅《せがれ》だ。新吉が通る道と刻限《こくげん》を調べて仕組んだ猿芝居だ。新吉は、それにまんまと引っかかったというわけだ」

「な、なぜ、柴崎屋さんがそのような……」

「柴崎屋義左衛門の狙いは、日吉屋の土地と組合株だ。義左衛門は日吉屋を乗っ取ろうとしていたのだ。仏の顔をしてな。新吉とやら、その方は松戸で二十両を借りた帰りに、押上村で追剝に遭ったであろう。それも、この柴崎屋義左衛門が仕組んだことよ。日吉屋に五十両揃えられたら困るからな」

新吉は狐《きつね》につままれたようだ。

「柴崎屋さんがそんなことをするわけがねえ。それに柴崎屋さんは、あっしが松戸に二十両を借りに行くことは知りやせん。前の日に松戸から便りが届いたんですから」

根本伝三郎は悲しそうな表情《かお》をした。

「日吉屋の下働き、猪之吉が柴崎屋と通じていたのよ。小銭を握らされてな。まったく、義理も筋《すじ》もない世の中になったものだ」

新吉は義左衛門に詰め寄る。

「嘘ですよね。そんなわけねえですよね、柴崎屋さん……」

義左衛門は黙ったままだ。根本伝三郎は、お陸の方を向いた。

「日吉屋お陸、新吉、遠州屋、そして丸木屋。しばらく席を外してもらいたい」

寺田源吾が促《うなが》すと、四人は座敷から出ていく。寺田源吾は襖を閉めた。

「さて、柴崎屋義左衛門、何か申したいことはあるか」

義左衛門は背筋を伸ばした。

「私にはまったく身に覚えのないことでございます。何を証《あかし》にそのようなことをおっしゃられるのか、見当もつきません」

　根本伝三郎は笑った。

「何の証も持たずに乗り込んでくる火盗改ではないわ。鈴木基之介は昨晩、すでにおさえておる。藤間楼の番頭にそそのかされたことを白状したぞ。挙句《あげく》に町中で刀を抜くなど言語道断《ごんごどうだん》。お目付《めつけ》様にこの一件を申し上げると脅《おど》かしたら、勘当どころか、二千石《ごく》の鈴木家はお取《と》り潰《つぶ》しになるやもしれぬと、泣きながら震えておったわ」

　義左衛門は動じない。

「今、藤間楼とおっしゃいましたね。柴崎屋には何の関わりもございません」

「さすがに用心深いのう。だがな、義左衛門。今ごろは火盗改の同心たちが、仙太郎、音蔵、猪之吉、そして、藤間楼の番頭もひっ捕《と》らえておるわ。奴らが口を割らずにいることができるかな。火盗改の責めはきついぞ。二日ともつまい。すべてお前の考えたことだと白状することになる」

　義左衛門は拳《こぶし》を握り締めた。

「どうだ、義左衛門。火盗改と取引をせんか。叩けば埃《ほこり》の出る身体なのだろう。

このまま調べが進めば、下手《へた》をすると死罪、少なくとも島送りは免れんだろうな」

義左衛門は何度も拳を握り直した。

「そ、その、取り引きとはいかなるものでございましょう」

根本伝三郎は義左衛門の前に座った。

「この五十両は返してもらうぞ。元々は日吉屋の金だからな。その他に、詫び金として日吉屋に二十五両、新吉に二十五両を支払え。柴崎屋の金庫にはそれくらいの金はあるだろう。それから……」

根本伝三郎は鋭い目つきで義左衛門を睨《にら》んだ。

「義左衛門。店を畳《たた》んで、品川宿から出ていけ。江戸に足を踏み入れることも許さぬ。この件に関わった者もだ。よいな。善人の真似《まね》をできるお前だ。今度は真似ではなく本物の善人になれ」

もはや観念するしかない義左衛門は、うなだれた。

「わかりました。おっしゃる通りにいたします」

「よし、決まった。源吾。四人を呼んでまいれ」

根本伝三郎は、お陸と新吉に——。

「柴崎屋義左衛門は、病《やまい》にかかっていた。どうしても口入れ屋の株がほしいという病だ。今はその考えを悔《く》い改めようとしている。義左衛門は、お陸、新吉にそれぞれ二十五両の詫び金を払い、品川宿を出ていくと申している。それで許してやってもらえんか。柴崎屋が請人になってくれなければ、日吉屋は人手に渡っていたかもしれんのだからな」

お陸と新吉は顔を見合わせた。

「まず、この五十両で遠州屋に借りた金を返せ。残りの二十五両ずつは……。お陸は松戸に二十両を返さねばならんだろう。新吉は聖庵堂のお律に同じく二十両を返さねばならんからな」

新吉は目を丸くする。

「ど、どうしてそのようなことまで、ご存知なのでしょうか」

根本伝三郎は高笑いをする。

「火盗改は何でもお見通しだ。義左衛門よ。お前がどこにおろうと、火盗改は目を光らせているのだ。侮《あなど》るでないぞ」

義左衛門は身を固くして、両手をついた。

「お、恐れ入りましてございます」

根本伝三郎は立ち上がった。

「源吾。義左衛門に同道《どうどう》して五十両を受け取ってまいれ。遠州屋殿、丸木屋殿、ここで見聞きしたことは内密にしてほしい。それからな、新吉。松戸と聖庵堂のお律に金を返すのは身体を治してからにしろ。よいな」

鉄斎は満足げな根本伝三郎を見て、鼻の頭を掻《か》いた。


三祐で呑んでいるのは万造、松吉、鉄斎の三人だ。万造は鉄斎に酒を注ぐ。

「話が丸く収まったのはわかりやしたが、どうやって柴崎屋のことを嗅ぎつけたんですかい」

鉄斎は猪口を持つ手を止めた。

「火盗改に常助という密偵がいてな。品川宿で音蔵という男を見かけた。音蔵は盗人だったそうだ。常助が音蔵をつけたところ、裏口から柴崎屋に入った。そのとき、入れ替わるようにして出てきたのが猪之吉という男だ。猪之吉は日吉屋の下働きだったのだ」

　松吉は少し考えてから――。

「その猪之吉って野郎が、柴崎屋にご注進してたってわけですかい。それで新吉は追剝にやられたのか……。でも、旦那。五十両と所払いってえのは、ちと甘すぎやしませんかい」

　鉄斎は猪口の酒を呑む。

「確かにそうだな。義左衛門一味をお縄にするのは容易いが、そうなると、日吉屋は松戸に二十両の借金が残ってしまう。新吉が奪われた二十両を義左衛門から取り戻すことはできるが、押上村の与太者を特定するのには時間《とき》がかかる。苦肉《くにく》の謀《はかりごと》というやつだ。義左衛門も十分に火盗改の恐ろしさを知ったようだしな」

　万造は空になった鉄斎の猪口に酒を注ぐ。

「あとは新吉が二十両を持って戻ってくりゃ、一件落着ってことか」

　お栄は熱い徳利を持ってきた。

「島田さん、ありがとう。これは、あたしから。何にも知らないお律さんが、ちょっとかわいそうな気もするけど」

その熱い酒は三人の胸に沁《し》み渡った。

お律の顔を見た新吉の目からは涙が溢《あふ》れ出す。

「お律さん……。その節は、お世話になりやした。ご恩は生涯、忘れやせん」

聖庵堂を訪ねた新吉はお店者の姿をしている。

「お借りした二十両をお返しさせていただきます。お調べくださいな」

「二十両を返せるのは、ずっと先の話じゃなかったのかい」

「へい。それが、狐につままれたようなことばかりが起こりやして、なんだか知らねえうちに、すべてが丸く収まっちまいやした。それで……」

新吉は照れ臭そうな表情《かお》をする。

「お陸さんの……。口入れ屋の日吉屋を手伝うことになりやした。お店者って柄《がら》じゃねえんですが、身寄りのねえ女将さんの側にいてやりてえんで。いけねえ。人足言葉がちっとも直らねえや」

新吉は首筋を掻いた。

「お律さん。あっし、いや、私は孤児《みなしご》で、おっかさんの顔を覚えていません。こんな大きな図体《ずうたい》をしてますが、おっかさんに会いたくて泣いたこともありました。でも、もう泣きません」

お律は、新吉がうなされていたとき、自分の手を握って〝おっかさん〟と、うわ言を繰り返していたことを思い出した。

「私には、お陸さんとお律さんがいるんですから。私のことを心から心配してくれる人が二人もいるんですから……」

新吉は俯《うつむ》くと、小声で……。

「お律さんのことを、おっかさんだと思っていいですか」

「もちろんだよ」

新吉を抱きしめたお律の目からも涙が流れる。

「そうだよ。あたしは本所のおっかさんだよ。いつでもおいで。あたしはおっかさんなんだから」

これから松戸に向かうという新吉を見送り、お律はその姿が見えなくなるまで手を振り続けた。

「おれの負けでえ」

お律が振り返ると、そこに立っていたのは松吉だ。

「松吉ちゃん。勝ちも負けもないって言ったでしょう。新吉さんの顔を見てわかったよ。あたしはね、自分の心に二十両を貸したんだ」

「自分の心に……」

「たくさん利息をつけて返してもらったみたいだね」

お律はそう言って、胸に両手をあてた。

本所おけら長屋（十四）　その弐

かたまゆ

一

　おけら長屋の松吉《まつきち》宅で、万造《まんぞう》と松吉が呑《の》んでいると、そこにやってきたのは八《はち》五郎《ごろう》の女房、お里《さと》だ。

「ちょいと、あんたたちの悪知恵を借りたいんだよ」

　万造と松吉は顔を顰《しか》める。

「なんで、知恵の前に悪がつくんでえ」

「借りるってことは、返《けえ》してくれるんだろうな」

　お里は万松《まんまつ》の言葉などは聞いちゃいない。

「あたしが奉公《ほうこう》してる成戸屋《なるとや》に、お多喜《たき》さんっていう女中頭《じょちゅうがしら》がいるんだよ」

　万造は面倒臭《めんどうくさ》そうに湯飲み茶碗を置いた。

「ああ。確か、お里さんと一日交代で店に出てるって……」

「その、お多喜さんがどうかしたのかい」

お里は座敷に上がり込むと、まるで自分の家のように座り込んだ。

「お多喜さんは、北森下町《きたもりしたちょう》にある五六八《いろは》長屋で、竹五郎《たけごろう》さんっていう亭主と、十七になる娘さんと三人暮らしをしてるんだけどね……」

「娘と三人暮らしか。ちょいと前の、お里さんのところと同じじゃねえか」

「そうなんだよ。だから他人事《ひとごと》とは思えないのさ」

松吉はお里の話を聞きながら、徳利《とくり》を後ろに隠す。お里に酒を呑ませると面倒なことになるからだ。

「それで、おれたちの知恵を借りてえってのはなんでえ。面倒な話に巻き込むのはよしてくれよ」

お里はめざとく松吉が隠した徳利に気づく。

「松吉さん。なんで徳利を隠したんだい。粋《いき》な男のやることじゃないよ。あたしにも、ちょいと一杯、恵んでおくれよ。成戸屋から歩いてきて喉《のど》が渇《かわ》いたんだよ」

「だったら水を飲めばいいじゃねえか」

「いいから、一杯お注《つ》ぎよ。その方が口が滑《なめ》らかになるんだからさ」

松吉は、しぶしぶ背中に隠した徳利を取り出すと、湯飲み茶碗に酒を注いで差し出した。お里はその酒をひとくち呑んだ。

「ふー。うまいねえ。そうそう、お多喜さんの話だったね。お多喜さんの亭主は、表具師《ひょうぐし》で竹五郎さんていうんだけど、お多喜さんは、この竹五郎さんの酒《さけ》癖《ぐせ》に手を焼いているんだよ」

万造は顔を顰める。

「なんでえ、女房、娘に殴《なぐ》る蹴《け》るの大暴れってやつか」

お里は湯飲み茶碗を置いた。

「手をあげたりはしないらしいね」

松吉は鼻で笑う。

「そんなら、てえしたこたあねえだろうよ」

お里は湯飲み茶碗を口に運び、吸い上げるように酒を呑んだ。

「竹五郎さんって人は無口でおとなしい人なんだよ。ところが、酒が入ると気が大きくなっちまうそうでね。それに、そのときのことはまったく覚えていないっていうから、質《たち》が悪いじゃないか。この前は、こんなことがあったそうだよ」

松吉は話を聞きながら、徳利を後ろに隠した。


五六八長屋の竹五郎宅では、女房のお多喜と娘のお智《とも》が、お互いの顔を見合って同時に溜息《ためいき》をついた。

「おとっつぁんはどうしたんだろうね」

「湯屋《ゆや》に行く程度の金しか持たせてないから、どこかで呑んでるってことはないと思うけどねえ」

「じゃあ、どうして帰ってこないのよ。なんだか、よくないことが起こりそうな気がしてきた……」

お智の言葉にお多喜は頷《うなず》く。

「今は、佐竹《さたけ》様のお屋敷に出入りしてるだろ。あそこの旦那《だんな》様は人がいいから、手間賃《てまちん》の前借りをさせてくれるんだよ。そんな恥ずかしいまねはしないでおくれよって、釘《くぎ》は刺してあるんだけど……」

お智は涙ぐんだ。

「どうして、お酒を呑むとあんなになっちゃうんだろう。いつもは物静かで、優しいおとっつぁんなのに……。私はお酒を呑む男とは、死んでも一緒にならない。借金は増えるばかりだし、おっかさんみたいな苦労はしたくないから」

　そのとき、勢いよく引き戸が開いた。

「さあさあ、入《へえ》ってくんな。さあ、遠慮しねえで」

　よろけながら、入ってきたのは当《とう》の竹五郎だ。

「おーい。お客さんでえ。酒の支度《したく》をしてくんな。さあ、入った、入った」

　竹五郎が引き戸の内側から、外に向かって声をかけるが、だれも入ってはこない。竹五郎はふらつく足で表に出る。竹五郎に袖《そで》を引かれて入ってきたのは、薄汚れた着物で顔には手拭《てぬぐ》いで頬《ほ》っ被《かむ》り、首筋《くびすじ》には白粉《おしろい》を塗りたくり、脇には丸めた莚《むしろ》を抱《かか》えている女……。だれが見ても夜鷹《よたか》だとわかる出《い》で立《た》ちだ。

「お、親方。あたしたちなんぞが入ったら迷惑がかかりますから……」

「いいから、入ってくんなよ。ほら、そっちの姐《ねえ》さんもよ。遠慮はしねえでくれ。ここが、おれのお屋敷でえ。そこの般若《はんにゃ》みてえな面《つら》をしてるのが、奥方《おくがた》でえ。がはははは。そんでもって、その横でお多福《たふく》みてえな面をしてるのがお嬢様でえ。がはははは」

袖をつかまれている夜鷹は腰を屈《かが》める。

「すいません。おかみさんと娘さんがいるだなんて聞いてなかったものですから。か、帰ります」

竹五郎はつかんだ袖を離さない。

「いいから、上がれって言ってるんでえ。おれに恥をかかす気か。がはははは」

女は無理矢理、座敷に引き上げられる。女は自分一人だけが犠牲になるのは嫌《いや》だと思ったのか、もう一人の女の袖をつかんでいる。三人は数珠《じゅず》つなぎになって座敷に上がった。竹五郎は盆の上に置いてあった三つの湯飲み茶碗を手に取ると、抱えていた五合《ごんごう》徳利から酒を注ぐ。

「お、お前さん。その酒はどうしたんだい」

竹五郎は茶碗酒をあおってから——。

「うぃ〜。佐竹様のお屋敷でよ、何だか祝いごとがあったらしくてお裾分《すそわ》けってやつよ。五合徳利を二本頂戴《ちょうだい》してよ、両手にぶら下げて歩いてたんだがよ、重くていけねえや。軽くするためにゃ、どうすりゃいいんでえ。そうでえ、呑んじまえばいいじゃねえか。どうでえ。さすが、おとっつぁんだろう。がはははは」

お多喜とお智は冷《さ》めた表情《かお》で竹五郎を見つめている。

「だがよ、一人で呑むのは寂しいじゃねえか。寂しがり屋の竹ちゃんなんだからよ。がはははは。ふと見ると、高橋《たかばし》近くの土手でよ、こちらの夜鷹さんが網を張っていやがるじゃねえか。柳の下に立ってやがるから幽霊かと思ったぜ。がははは。客になってやりてえところだが、そんな金はねえや。そうでえ、ちょいと一緒に一杯《いっぺえ》やろうじゃねえか、なんてえことになってよ。酒盛《さかも》りよ。土手の柳の下で酒盛りなんざ乙《おつ》なもんだぜ。がははは。なあ、姐さんたちよ」

竹五郎は手酌《てじゃく》の酒をあおる。ばつが悪いのか、夜鷹二人は俯《うつむ》いたままだ。

「だがよ、土手で酒なんぞを呑んでたら身体《からだ》が冷えてくるじゃねえか。姐さんたちが風邪《かぜ》でもひいたら大変《てえへん》でえ。なんたって身体あっての商売《しょうべえ》なんだからよ。がはははは。だったら、おれの家で熱燗《あつかん》にして呑み直そうじゃねえか、なんてことになってよ。おう、お智。この酒を燗にしてくんな」

お智は外方《そっぽ》を向く。

「な、なんでえ。お客さんがお見えになってるってえのに、その仏頂面《ぶっちょうづら》はよ。おめえだって、夜鷹になったときにゃあ、この姐さん方にお世話になるかもしれねえんだぞ。がはははは。早く燗をつけやがれ」

いたたまれなくなった夜鷹は立ち上がろうとする。

「親方。娘さんたちも困ってるじゃありませんか。あたしたちは失礼しますから」

竹五郎の表情《かお》は険《けわ》しくなる。

「おう。待ってくれや。この家の敷居を跨《また》いで、酒も呑まさずに帰《けえ》したとあっちゃ、末代《まつだい》までの恥でえ。おれの男が立たねえんだよ」

竹五郎はまた、手酌の酒をあおった。お多喜はなだめるように――。

「お前さん、この姐さんたちも帰りたいと言ってるんだからさあ、無理強《じ》いは野暮《やぼ》ってもんだよ」

「うるせえ。亭主のすることに口を出すんじゃねえ。はやく燗をつけろってんでえ」

開いたままになっている引き戸から入ってきたのは、隣に住む提灯《ちょうちん》屋の甚六《じんろく》と女房のお時《とき》だ。

長屋の壁は薄いので、隣の騒ぎはそのまま耳に入る。竹五郎が酒を呑んで、手がつけられなくなると、お多喜とお智を助けにやってくるのだ。お時は、竹五郎の機嫌《きげん》をとりなすところから始める。

「竹さん。ずいぶんとご機嫌じゃないか」

竹五郎は手を叩《たた》いて喜ぶ。

「おっ。だれかと思ったら、だれでしょう。がははは。洒落《しゃれ》だよ、洒落。知ってますよ。おめえたちは、確か隣に住んでる提灯屋だ。さあ、上がった、上がった。一杯《いっぺえ》やろうじゃねえか」

お時は、お多喜に目配《めくば》せをしてから——。

「ねえ、竹さん。うちの人と表で呑んできたらどうだい。横丁の店ならまだやってるだろ」

とにかく、この家から竹五郎を追い出そうという考えだ。

「うるせえ。おれはお客さんに来てもらってるんでえ。はやく燗をつけろい。がははは」

甚六は夜鷹の二人に気づいた。

「こ、こちらさんは……」

一人の夜鷹と甚六の目が合った。

「あっ、旦那。いつもお世話に……」

夜鷹は慌《あわ》てて口をつぐむ。

「な、なんでえ。おめえは、この姐さんの馴染《なじ》みかい。がははは」

お時の目は吊《つ》り上がる。

「お、お前さん」

「い、いや、その……。た、高橋の近くで、あ、挨拶《あいさつ》してよ……」

「挨拶したくらいで、いつもお世話になんて言うわけないだろ」

もう一人の夜鷹が割って入る。

「いや、あの、こちらの旦那は、いつも、あたしたちのような者に挨拶をしてくれるんですよ。そ、そうですよね、甚さん……、あっ」

その夜鷹も慌てて口をおさえる。お時の目はさらに吊り上がる。

「なんで、お前さんの名を知ってるんだい。家に金を入れないで、そんなことに使ってたのかい」

「い、いや、その……」

　竹五郎は大声で笑う。

「がははは、お時さん。細《こま》けえことを言っちゃいけねえよ。夜鷹買いなんてえのは、人助けじゃねえか。好きでこんな商売《しょうべえ》をやってる女なんざいやしねえんでえ。だがよ、この人たちは物乞《ものご》いじゃねえ。何もしねえで金をもらうわけにはいかねえんだよ。甚ちゃんはな、この人たちのそんな気持ちを察して、夜鷹買いをしてるんでえ」

　夜鷹二人は涙ぐむ。

「親方……。ありがとうございます。そんなことを言ってくれるのは親方だけです」

「好きでこんな商売をする人なんていませんよ。やむにやまれぬ事情があって……」

　話はややこしい方向に進んでいるが、竹五郎はお構いなしだ。

「よーし。今夜は、甚ちゃんと夜鷹の姐さんのように、裸の付き合いといこうじゃねえか。がははは」

竹五郎はよろけながら立ち上がると半纏《はんてん》を脱《ぬ》ぎ始める。酔っぱらうと真《ま》っ裸《ぱだか》になるのが竹五郎の癖だ。

「や、やめて。おとっつぁん」

お智が叫ぶが、そんな声が竹五郎に届くはずもない。藍染《あいぞ》めの股引《ももひき》を脱ごうとするが片足に引っかかり、その場で倒れる。立ち上がろうとするが、股引が足に絡《から》まってまた倒れる。褌《ふんどし》は解《ほど》け、股間《こかん》は丸出しだ。そして立ち上がり、また倒れる。

「うわあ～。こっちに来るな」

「きゃ～」

座敷に座っていた者たちは逃げ惑《まど》う。竹五郎は半纏姿で、股間はむき出し、足には股引を絡めたまま立ち上がると、手拍子《てびょうし》を打ちながら歌い出す。

「かんかんのう～、きうれんす～。かんかんのう～、きうれんす～」

どこかで覚えてきた歌らしいが、もちろん手拍子を打つ者などいない。みな、俯くだけだ。

「かんかんのう〜。こりゃこりゃ。がははは」

竹五郎の歌はしばらく続いた。

翌朝、竹五郎は、お多喜とお智の様子がおかしいことに気づく。酒を呑まなければおとなしい竹五郎は昨夜と別人だ。

「どうかしたのか……」

お多喜とお智は何も答えない。隣の家からは、お時の怒鳴《どな》り声が聞こえてくる。

「この宿六《やどろく》が。そんなに夜鷹が好きなら、今日から高橋の下で暮らしておくれよ」

「うるせえ。亭主のすることに口を出すんじゃねえ」

茶碗の割れる音がして、何かがぶつかり壁が揺《ゆ》れる。争いごとが嫌いな竹五郎は、不安げだ。

「どうしちまったんだ。お時さんは、夜鷹がどうとか言ってるようだが……」

お多喜とお智は何も答えない。

「お前たちは何か知ってるのか。仲立《なかだち》に入ってやらないと……」

お多喜とお智は何も答えずに溜息をついた。

万造と松吉は腹を抱えて笑う。

「面白《おもしれ》えじゃねえか。おれたちもその竹五郎さんと呑んでみてえもんだ。なあ、松ちゃんよ」

「ああ。酒代はこっちが持つぜ」

お里は呆《あき》れる。

「冗談《じょうだん》じゃないよ。奥山《おくやま》の見世物《みせもの》じゃないんだからね。このままだと、お多喜さんのところは一家離散だよ。なんとかしておくれよ。あんたたちなら思いつくだろう、竹五郎さんが酒を呑まなくなる手立てをさ」

「おれたちには関《かか》わりのねえ話じゃねえか。まあ、何か思い浮かんだら教えてやらあ」

万造と松吉は面倒臭そうに酒を呑んだ。

二

林町《はやしちょう》にある剣術道場、誠剣塾《せいけんじゅく》を訪ねてきたのは、一人の若侍《わかざむらい》だ。その若侍の顔《かお》を見た鉄斎《てっさい》の表情は明るくなる。

「錦之介《きんのすけ》……。若芽《わかめ》錦之介ではないか」

「島田《しまだ》先生……。ご無沙汰《ぶさた》をいたしております」

若芽錦之介は阿波国徳島藩《あわのくにとくしまはん》の藩士で、鉄斎の門下生でもあった男だ。錦之介は家柄もよく、剣の腕も抜群の好男子であったが、酒にだらしがなかった。御前試《ごぜん》合で一位になったことへの褒美《ほうび》として、藩主・須賀田阿波守政勝《すがたあわのかみまさかつ》より拝領した刀を酔って紛失するという失態を演じ、家に戻ったときは真っ裸に帯だけで腰には竹ボウキを差していた。若芽家は徳島藩では代々、勘定奉行《かんじょうぶぎょう》を務める名家だったが、そんな醜態《しゅうたい》の噂《うわさ》が広がれば、いくら名家であろうと見逃《みのが》すわけにはいかなくなる。切腹《せっぷく》は免《まぬが》れたものの、錦之介はお役目辞退のうえ、謹慎《きんしん》、そして廃《はい》嫡《ちゃく》となった。

浪々の身となり、江戸に出てきた錦之介は、大横川《おおよこがわ》沿いにある入江町《いりえちょう》の紅葉《もみじ》長屋で、なんでも屋を始めた。剣客《けんかく》でもあった錦之介は近くの剣術道場に出向き、島田鉄斎に立ち合いを申し出るが、鼻っ柱《ぱしら》をへし折られる。そして、その人となりに惚《ほ》れて、鉄斎を師と仰《あお》ぐようになった。

折しも、徳島藩では隣藩の高松藩《たかまつ》との剣術の試合が行われることになり、どうしても高松藩に負けたくない須賀田政勝は、若芽錦之介を呼び戻すことに決め、錦之介は徳島藩への復帰が叶《かな》ったのだ。

鉄斎と錦之介は奥の座敷で向かい合った。

「達者《たっしゃ》なようだな、錦之介。酒は断《た》っているのかな」

鉄斎は笑いを堪《こら》えた。おけら長屋で泥酔《でいすい》した錦之介は、裸踊りを披露《ひろう》し、出刃《でば》包丁《ぼうちょう》を振り回し、その場にいた万造、松吉、八五郎の三人は失禁《しっきん》する事態に陥《おちい》ったからだ。

「は、はい。もちろんです」

錦之介は赤面する。自分が酔って何をしたかなどは覚えていないのだが。

「ところで、江戸には……。そうか、江戸詰《づ》めにでもなったのかな」

錦之介は心持ち真面目《まじめ》な表情《かお》になった。

「いえ。我が藩がお上《かみ》より御濠《おほり》の修繕普請《ふしん》を仰《おお》せつかりました。惣奉行《そうぶぎょう》には、僭越《せんえつ》ながら拙者《せっしゃ》の父が相成りまして、拙者は先んじて、いろいろと下検分《したけんぶん》をしなければなりません」

ひと月ほど前の大雨で、江戸市中《しちゅう》にもかなり被害があったが、江戸城の濠につながる水路や城壁にも、少なからず影響が出ていた。

鉄斎は門下生が運んできた茶に手をつける。

「それは大変なお役目だな。修繕は大掛かりであろう。とても一つの藩ではまかないきれんな」

「はい。我が藩と、津軽《つがる》藩が命《めい》を受けております」

「津軽藩と……」

鉄斎はふと、顔を上げた。

「津軽藩では、分家の黒石《くろいし》藩のご当主を奉行にされるとうかがいました」

鉄斎は茶を噴《ふ》き出しそうになる。

「く、黒石藩……」

「はい。島田先生は確か、黒石藩で剣術指南役《しなんやく》を務めていたことがあったと記憶しております」

「まあ、そんなに長い間ではないが……」

「島田先生はご当主、津軽甲斐守《かいのかみ》様と面識がおありと存じますが」

鉄斎の頭には旧主、津軽甲斐守高宗《たかむね》のやんちゃな顔が浮かんだ。

「あ、あると言えばある、いや、あったけれども……」

鉄斎は、モゴモゴと呟《つぶや》くと、懐《ふところ》から手拭いを取り出し、口を拭《ぬぐ》った。

徳島藩は二十五万六千石、津軽藩は十万石と石高《こくだか》にも差があるが、家格《かかく》にかなりの差がある。津軽藩側の責任者に、藩主の親族である分家の当主を配置したのには、そのようなことへの配慮もあるのだろう。

「修繕は我が藩が中心となって行うことになります。甲斐守様は、支藩のとはいえ一藩の主《あるじ》。甲斐守様がどのような人物なのか知っておけば、物事が円滑《えんかつ》に進むと思います。父の話では、我が主君も面識がなく、気にしておられると申しておりました」

鉄斎は、咳払《せきばら》いをする。

「特に癖のある人物ではないと思うがな。私は自《みずか》らの都合で剣術指南役を辞したこともあり、黒石藩とは今はもうなんの関わりもないのだ。力になれずに申し訳ない」

藩主である高宗が浪人姿で、おけら長屋に出入りしているなどとは口にできず、鉄斎はお茶を濁《にご》した。

「ところで、錦之介。お父上が入府《にゅうふ》されるのはいつなのかな」

「あと、十日ほどかと」

「それまでは勤めに融通《ゆうずう》が利《き》くのではないか。万松の二人や八五郎さんが会いたがると思うぞ」

錦之介は瞳を輝かせた。

「万造さん、松吉さん、八五郎さん……。拙者も会いたいです。江戸に出てくる道中、おけら長屋のみなさんのことばかり考えておりました。ですが……」

「ですが、どうした」

「酒を呑まされそうで怖いです」

二人は大笑いをした。

おけら長屋の松吉宅で、手ぐすねを引いて錦之介を待ち構えているのは、万造、松吉、八五郎の三人だ。

「懐かしいなあ。思い出すぜ、あの日のことを……」

八五郎は感慨深げに語る。松吉は天井を指差した。

「冗談じゃねえ。天井を見てみろ。錦之介さんが放った出刃包丁が刺さった跡だ。この畳《たたみ》を見やがれ、その出刃包丁が落ちてきて刺さった跡でえ。そこの壁を見ろ。錦之介さんが投げた出刃包丁が刺さった跡だ。もう五寸（約十五センチ）ずれてたら、万ちゃんか八五郎さんの顔に突き刺さってたんだぜ。だけどよ……」

「なんでえ」

「面白かったなあ。なあ、万ちゃん」

「ああ。本当の面白さってえのは、命を懸けなきゃ味わえねえってことよ。だが、命あっての物種《ものだね》でえ。危ねえものは隠したんだろうな」

「もちろんでえ。あれじゃ、いくつ命があっても足りやしねえや」

「違《ちげ》えねえや」

八五郎は茶碗酒を呑み干した。

「ところでよ、鉄斎の旦那によると、錦之介さんは酒を断ってるって話だぜ。どうやって呑ませるんでえ」

万造は鼻で笑う。

「そんなことは、おれと松ちゃんに任《まか》せておきゃあいいんでえ。それより、八五郎さん、その徳利に酒は入《へえ》ってるんだろうな」

八五郎は一升徳利を自慢げに差し出した。

「当たり前《めえ》よ。フチの際《きわ》まで入ってらあ」

「おお。やるじゃねえか。松ちゃんが店からくすねてきた酒が一升。元からあった酒が一升。三升あれば何とかなるだろう」

「楽しみじゃねえか。今度は何をやらかしてくれるのかと思うと身震《みぶる》いするぜ。鉄斎の旦那の話によると、もう来るころじゃねえのか」

そのとき、引き戸が開いた。三人の目はそこに集まる。

「錦之介さん……、じゃねえ。と、殿様じゃねえですかい」

入ってきたのは、黒石藩藩主、津軽甲斐守高宗である。三人にとっては島田鉄斎の同門で貧乏旗本《はたもと》の三男坊、黒田三十郎《くろださんじゅうろう》なのだが。高宗は苦笑《にがわら》いを浮かべる。

「お呼びでなかったみたいだな」

三人は顔を見合って笑う。

「そんなこたあねえですよ。さあさあ、こっちに上がってくだせえ。これから趣向を凝《こ》らした見世物があるんでさあ」

「まあ、あるかねえかは、流れ次第《しでえ》なんですがね」

高宗の表情《かお》は緩《ゆる》む。おけら長屋に来れば面白いことが起こるからだ。

「それは楽しみだな。鉄斎……、い、いや、島田殿に小用《しょうよう》があってな。留守《るす》のようだったので帰ろうとしたのだが、この家の中から話し声が聞こえたもので、つい、引き戸を開けてしまった」

松吉は茶碗に酒を注ぐ。

「素通りはねえでしょう。おれたちと殿様の仲じゃねえですかい。さあ、上がってくだせえ。とりあえず、一杯《いっぺえ》いきましょうや」

高宗は腰から刀を抜くと座敷に上がり、輪に加わる。

「島田殿は……」

「じきに帰《けえ》ってくるでしょう。そんなことより、ほら……」

万造は高宗に茶碗を握らせる。

「呑んでくだせえ。こっちも酒が入《へえ》った方がやりやすくなるんでねえ」

四人は茶碗を合わせた。

「それで、その見世物というのは……」

「まあ、深く考《かんげ》えねえで、呑んでてくだせえ」

「ご免」

そのとき、勢いよく引き戸が開いた。入ってきたのは若芽錦之介だ。万造と松吉は土間に飛び降りて錦之介を囲む。

「おお。間違《まちげ》えねえ。錦之介さんでえ。鉄斎の旦那から錦之介さんの話を聞きましてね」

「元気そうじゃねえですか。懐かしいなあ。もう来るころじゃねえかって、待ちわびてたんでさあ」

八五郎も座敷から声をかける。

「さあ、錦之介さん。こっちに上がってくだせえ」

「おお。八五郎さんではありませんか」

錦之介は万松の二人に背中を押されるようにして、座敷に上がる。

「こ、こちらは……」

万造が高宗に目をやって――。

「島田の旦那の知り合いで、黒田三十郎さんでさあ。貧乏旗本の三男坊ですから、気にするこたあ、ありませんや」

錦之介は改まって――。

「拙者、徳島藩藩士、若芽錦之介と申す。以後お見知りおきを」

高宗の表情《かお》は固まる。

「と、徳島藩……。徳島藩というと……」

「阿波です。阿波国の徳島藩です」

「殿様、どうかしたんで」

「い、いや、何でもない。黒田三十郎と申す」

錦之介は首を傾《かし》げる。

「松吉さん。今、殿様と申されたようだが」

万造、松吉、八五郎の三人は笑う。

「三十郎さんは、酔うと殿様みてえな言葉を使うんで、おれたちがつけたあだ名でさあ。錦之介さんも〝殿様〟って呼んでくだせえ。細けえことを気にする人じゃねえんで。気楽にいきましょうや。さ、さあ、座ってくだせえ」

八五郎は座布団《ざぶとん》を差し出した。錦之介はそこに腰を下ろしながら茶碗に目をやる。万造はそんな錦之介を見て――。

「鉄斎の旦那から聞きやした。酒は断ってるとか。国元ならともかく。江戸でなら呑んじまってもいいんじゃねえのかなあ。なあ。松ちゃん」

「そうですよ。今夜は特に用事はねえんでしょう。どうです、軽く一杯《いっぺえ》」

錦之介は頭《かぶり》を振る。

「とんでもないです。以前もみなさんにご迷惑をおかけしていますから。それに、やっと酒の味を忘れたというのに、ここで呑んではそれこそ元《もと》の木阿弥《もくあみ》です」

「なら、仕方ねえな。もう一度聞きやすが、今夜、それから明日の朝に用事はねえんですね」

「特にはありませんが、何か……」

万造と松吉はニヤリとした。

三

「それじゃ、錦之介さんには熱いお茶を淹《い》れますから」

高宗はそれとなく錦之介に尋ねる。

「若芽殿は、徳島藩江戸詰めなのですか」

「いや。江戸に用向きがありまして、阿波から出てまいりました」

高宗は頷く。

「私も長兄から聞きましたが、確か……、御濠の修繕普請を徳島藩が仰せつかったとか。その件でしょうか」

「よく、ご存知ですな。お上からの命ですから、何かと気苦労も多いのです」

「心中、お察し申し上げます。手違いでもあれば藩の存続にも関わることですからなあ」

松吉が盆の上に茶と饅頭《まんじゅう》を載《の》せて、錦之介の前に置いた。

「無粋《ぶすい》だが、酒を無理強いするのも野暮ってもんですから。これでも召し上がってくだせえ」

錦之介が饅頭に手を伸ばした。万松の二人は固唾《かたず》を呑む。

「それでは遠慮なく頂戴《ちょうだい》いたす」

錦之介は饅頭を半分ほど齧《かじ》った。万松の二人は錦之介の様子を見守る。

「うっ……。うっ……」

錦之介は息を止めた。

「ど、どうしやしたか。今、深川《ふかがわ》で評判の唐辛子《とうがらし》饅頭なんですけど。唐辛子の量を間違《まちげ》えやがったのかな」

「とりあえず、お茶を飲んでくだせえ」

錦之介は湯飲み茶碗を奪うように取ると、口に運ぶ。

「あち、あちちち……。うっ、うわっ……」

「万ちゃん。水だ、水だ」

錦之介は万造から渡された茶碗の水を一気に飲んだ。

「ふーっ。えっ、こ、これは、さ……」

「申し訳ねえ。間違《まちげ》えちまった。水はこっちでさあ」

錦之介はその水をひと口を飲んだ。

「うわ〜。ひ、ひい〜」

「申し訳ねえ。それは酢でした。水はこっちでさあ」

錦之介は渡された水を一気に飲んだ。

「ふーっ。えっ、これも酒ではありませんか」

錦之介はしばらくの間、息を整えていたが……。

「錦之介さん。まだ、唐辛子で喉が痛《いて》えんじゃありやせんか。もう一杯《いっぺえ》今の水で喉を湿《しめ》らせた方がいいんじゃねえかなあ」

しばらく静かにしていた錦之介だが、松吉の前にそっと茶碗を差し出した。松吉はその茶碗になみなみと水を注いだ。錦之介はそれを一気にあおる。万造と松吉と八五郎の三人は錦之介の様子を窺《うかが》っている。錦之介は空《から》になった茶碗を松吉に差し出した。

「阿波でーす」

三人は同時に「出た！」と口走る。高宗には、何が起きているのかまったくわからない。

松吉がその茶碗に酒を注ぐと、錦之介は一気に呑み干す。

「若芽殿。いったいどうしたのだ」

錦之介は高宗を見つめてから――。

「阿波でーす」

高宗は万造に尋ねる。

「若芽殿はどうしたのだ」

「いいですかい、殿様。てめえの身はてめえで守ってくだせえよ。松ちゃん。錦之介さんの刀だ。それと殿様の刀もだ。早く隠せ」

高宗も錦之介も刀は一本しか差していない。松吉はそれぞれの横に置いてあった刀を素早くつかむと、土間にある隙間《すきま》に隠した。万造、松吉、八五郎の三人は手拍子と口三味線《くちじゃみせん》を始める。

「チャンカチャンカチャンカ、ヨイヨイヨイヨイ。えらいやっちゃ、えらいやっちゃ、ヨイヨイヨイヨイ……」

錦之介はゆっくりと立ち上がる。

「チャンカチャンカ、チャンカチャンカ……」

錦之介は四人の周りを踊り出す。高宗もつられて手拍子を打ち始めた。

「いや〜、若芽殿は面白い人だなあ。わははは」

松吉は高宗の耳元で囁《ささや》く。

「万ちゃんはああ言いましたが、危ねえものは隠しやしたから心配《しんぺえ》ねえです。おれたちも一緒になって楽しみましょうや」

八五郎が丼《どんぶり》に注いだ酒を差し出すと、錦之介は半分ほど呑んでから顔を上げる。

「阿波でーす」

そして、残りの酒を呑み干した。

「阿波でーす」

錦之介は着物を脱ぎ始める。袴《はかま》の帯を解き、続いて着物の帯も解き、褌一丁になった。

　八五郎は大喜びだ。

「よーし。おれたちも脱いで踊ろうじゃねえか」

　八五郎、万造、松吉の三人も褌一丁になり、踊りだす。

「チャンカチャンカ、チャンカチャンカ、ヨイヨイヨイヨイ」

「さあ、殿様も一緒に。今日は派手にやりましょうや。嫌なことが忘れられますぜ」

　確かに楽しそうだ。本家から修繕普請の奉行に任じられて以来、気の重い日々が続いていた高宗には心に響く言葉だった。高宗は景気づけに茶碗酒をあおると、立ち上がる。

「ほれ、殿様も脱いだ、脱いだ」

　褌一丁になった高宗も見様見真似《みようみまね》で踊りだす。

「若芽殿。これは何という踊りですか」

「阿波でーす」

「えらいやっちゃ、えらいやっちゃ、ヨイヨイヨイヨイ」

ひとしきり踊りまくると、息切れした五人は腰を下ろす。万造はみんなに酒を注ぎながら――。

「それじゃ、隠し芸といこうじゃねえか。まずは八五郎さんからでえ」

八五郎の十八番《おはこ》は腹芸《はらげい》だ。すでに腹にはひょっとこの絵が描いてある。

「それでは、みなさま。手拍子をお願いいたします。ひょっとこ、ひょっとこ、ソレソレ、ソレソレソレ」

八五郎が腹を引っ込めたり、膨《ふく》らませたりすると、ひょっとこは生きているかのように表情《かお》を変える。

「怒ったひょっとこ、ソレソレ、ソレソレ」

八五郎が身体を捻《ひね》ると、ひょっとこの頬《ほお》が膨らんで怒っているように見える。

高宗は拍手喝采《かっさい》だ。

「わははは。腹が痛い。わははは」

「どうです、殿様。この芸には年季が入《へえ》ってますからねえ」

「泣いたひょっとこ、ソレソレ、ソレソレ」

八五郎が前屈みになり、腹をへこませると、ひょっとこの目線が下を向き、悲しげな表情になる。一同は大爆笑だ。だが、錦之介は酒を呑んでいるだけだ。

「よーし。次は万造だ」

万造は立ち上がると、白い褌の紐《ひも》を解いて、紐を額《ひたい》から後ろに回して結ぶ。万造の顔は白い褌で隠される。

「死人《しびと》……」

つかの間の静けさのあと、八五郎、松吉、高宗の三人は大笑いをしながら転《ころ》げ回る。

「わははははは。腹が痛《いて》え。助けてくれ～。死ぬ～」

続いて万造は、その褌を暖簾《のれん》のように手の甲《こう》で撥《は》ね上げた。

「三人だが、席はあるかな……」

また静かになったが、三人は笑いながら転げ回る。

「わははははは。助けてくれ～」

錦之介は笑いもせずに、ひたすら酒を呑んでいる。

「錦之介さん。面白くねえですかい。くそ～。それじゃ、松ちゃんでえ」

「よーし。それじゃ、おれが錦之介さんを笑わせてみせるぜ」

松吉も褌を脱いで真っ裸になると、箸《はし》を二本持って立ち上がる。

「あ、さて、さて。さてさてさてさて。さては南京玉《なんきんたま》すだれ。あ、さて、さて。さてさてさてさて、さては南《なん》」

松吉はここで歌を止めた。そして股間を突き出す。

「金玉《きんたま》すだれ……」

しばらく静けさが続いたが、万造、八五郎、高宗の三人は腹をおさえながら転がり回る。

「わはははははは。考《かんげ》えやがったなあ。わはははは」

「腹が痛《いて》え。助けてくれ〜。わはははは」

「苦しゅうない。わはははは。近《ちこ》う寄れ。わはははは」

松吉は高宗に股間を近づける。それを見ている錦之介は、顔色ひとつ変えずに酒を呑んでいる。

「畜生。これでも駄目かよ。次は殿様の番でえ」

高宗は頭《かぶり》を振る。

「わはははは。待て待て。余《よ》にそのようなことはできん。慮外者《りよがいもの》めが」

万造、松吉、八五郎は大笑いする。

「出たぜ。殿様の伝家《でんか》の宝刀《ほうとう》がよ」

錦之介が立ち上がった。なぜか、右手には剃刀《かみそり》を持っている。笑っていた四人は凍りついた。錦之介の恐ろしさを肌で知っている万造、松吉、八五郎の三人は座ったまま後退《あとずさ》りをする。

「き、錦之介さん。な、なんで、そんなもんを持ってるんですかい」

松吉の表情《かお》は引きつる。

「み、見当たらねえと思ったら、ど、どこにあったんですかい。そ、その剃刀は半次《はんじ》に研《と》いでもらったばかりなんでえ」

「馬鹿野郎《ばかやろう》。危ねえもんは隠せって言ったじゃねえか」

錦之介は虚《うつ》ろな眼《まなこ》で四人を見回した。

「それでは、これより、若芽錦之介の剃刀回しをご覧に入れる」

「で、出刃包丁が剃刀に代わっただけじゃねえか」

「よ、よしなせえ。刃を握っちまったら指が落ちますぜ」

錦之介は剃刀を上に投げて回転させると、再び柄《え》を握った。

「阿波でーす」

錦之介は、さらに高く剃刀を投げた。手元が狂ったらしく、剃刀は逸《そ》れていく。そして八五郎の右足の三寸（約九センチ）先の畳に突き刺さった。

「ひぃ～」

万造は怒鳴る。

「八五郎さん。早く剃刀を取るんだ、早くしろ」

「おめえだって近くにいるじゃねえか。おめえが取れ」

「ふ、震えちまって動けねえ」

「お、おれも同じでえ」

剃刀は錦之介に奪われた。錦之介は丼で酒をあおると、また踊り出した。そして、八五郎の顔に剃刀を近づけて、踊るように促《うなが》す。

「ソレ、ソレ。八五郎さん。ソレソレソレソレソレ」

「ひぃ～。踊ります、踊りますから……」

四人は踊り出す。万造と松吉は真っ裸だ。

「いいか。隙があったら錦之介さんから剃刀を奪うんでえ」

「わかってらあ」

酔っぱらっているとはいえ、錦之介は剣客だ。万松の二人は隙を窺う。錦之介は踊りながら空の丼に手を伸ばした。万造はその丼に酒を注ぎながら、八五郎に目配せをする。

「今だ」

八五郎は錦之介の手から剃刀を奪おうとする。

「無礼者〜」

錦之介は八五郎に向かって剃刀を振り下ろす。万松の二人と高宗は目を背《そむ》ける。そして、八五郎の褌がハラリと落ちた。剃刀は八五郎の身体は切らず、褌の紐だけを切ったのだ。八五郎は立ったまま震えている。

「お、お、おい。ま、ま、万松よ。お、おれのイチモツはこんなに小さくねえぞ。ちょいとびびっちまって、縮《ちぢ》こまっただけだからよ」

「そ、それはおれたちも同じだ。気にするねえ」

錦之介は丼の酒を呑み干す。

「阿波でーす」

高宗は顔面蒼白《そうはく》だ。

「こ、これが、趣向を凝らした見世物だというのか。八五郎さんは死んでいたかもしれないんだぞ」

高宗は錦之介の前に立ちはだかる。

「若芽殿。その剃刀を拙者に渡してくれ。このままでは死人《しびと》が出る」

錦之介はいつの間にか、落ちた褌を拾い、万造の真似をして額に結びつけている。

「死人でーす」

錦之介は高宗に向かって、剃刀を振り下ろす。錦之介は前が見えていない。

「殿様。逃げるんだ」

背を向けた高宗の腰のあたりを剃刀がかすった。そして高宗の褌が落ちる。

「ひぃ〜」

錦之介はさらに剃刀を振り回す。高宗は壁際《かべぎわ》まで追い詰められた。そして、錦之介は高宗の顔をめがけて、剃刀を振り下ろす。高宗は顔を背ける。

「ぐわ〜っ」

高宗は両手で額をおさえる。

「やられた〜。か、川の瀬に　浮かぶ我が身の　もどかしさ　流さるるでもなく、沈むでもなく……」

「なんですかい、それは」

「余の辞世《じせい》の句じゃ。書き残しておいてくれ」

「そんなもん、覚えられねえし、字も書けねえ」

万造は高宗の顔を覗《のぞ》き込む。

「でも、血は出てませんぜ」

高宗はゆっくりを手を放して、手の平《ひら》を見る。血はついていない。高宗の顔を見た万造、松吉、八五郎は絶句する。

「と、と、殿様。左の眉毛《まゆげ》がありませんぜ」

「神業《かみわざ》だ。目隠しをして褌の紐だけを切り、眉毛だけを剃《そ》り落とすとは」

「馬鹿野郎。そんなわけねえだろ。偶然でえ。逃げ出さねえと、今度こそ本当に殺されちまうぞ」

四人は外へ飛び出した。

松吉の家は井戸の近くで、すぐ横には二段になった物干しがある。そこで亀吉《かめきち》のおしめを取り込んでいたのはお梅《うめ》だ。そこへ、真っ裸の男が四人飛び込んできた。

「きゃ〜」

お梅は両手で顔を覆《おお》う。

「お梅ちゃん。すまねえ。亀吉のおしめを貸してくれ」

お梅は手にしていた一枚のおしめを四人に向かって投げつける。四人はそのおしめを奪い合った。

「放せ。これはおれのだ」

「うるせえ。八五郎さんのは縮みあがってるんだから手で隠せるだろ」

「余を愚弄《ぐろう》する気か」

騒ぎを聞きつけて、お里、お咲《さき》、お奈津《なつ》が出てきた。

「松吉さんの家で騒いでると思ったら、いったい何事だい……。う、うわっ。な、なんだい、その格好《かっこう》は……」

気がつくと、井戸には鉄斎が立っている。

「どうしたんだ。揃《そろ》いも揃って……。と、殿……。い、いや。三十郎殿……」

四人は両手で股間をおさえて、その場にへたり込んだ。

四

翌朝、錦之介は島田鉄斎の家で目を覚ました。

「こ、ここは……。し、島田先生。昨日は確か、松吉さんの家で……」

鉄斎は茶筒を手にしていた。

「そろそろ起きるころだと、茶を淹れるつもりだった」

上半身を起こした錦之介は頭《かぶり》を振る。

「昨日は、だいぶ派手にやったらしいな」

錦之介はこめかみをおさえる。

「私は……、私は、また何かやらかしたのでしょうか」

鉄斎は小さな声で笑ってから——。

「そのようだな」

錦之介は布団《ふとん》の上で正座をする。

「だ、だれかに怪我《けが》でもさせたのでは……」

鉄斎はすました表情《かお》で急須《きゅうす》に茶葉を入れる。

「出刃包丁にしろ、剃刀にしろ、お前さんの腕は神業らしいな。昨日は剃刀で褌の紐だけを切り落として、八五郎さんと三十郎殿を真っ裸にしたそうだ」

錦之介は絶句する。

「……。そ、それは真《まこと》でございますか」

鉄斎は独《ひと》り言《ごと》のように呟く。

「だが、その席に黒田三十郎殿がいたのはまずかったな……」

錦之介の不安はさらに大きくなる。

「黒田……、黒田……。ああ、黒田三十郎殿……。お、覚えております。確か、殿様と呼ばれていた……。島田先生のお知り合いとか」

鉄斎は何も答えず、急須に湯を注《そそ》ぐ。

「拙者は黒田殿に失礼なことをしたのでしょうか。ならば、詫《わ》びなければなりません。黒田殿のお住まいをお教えいただきたい」

鉄斎は茶を淹れると、錦之介の前に差し出した。

「喉が渇いたであろう。熱い茶でも飲んで目を覚ますことだな」

「それで、私は黒田殿に何をしたのでしょうか」

「剃刀で、左の眉毛を剃り落とした」

「ま、眉毛を……」

「島田先生は黒田殿の顔を見たのですか」

「見た」

鉄斎は片眉のない高宗の顔を思い出して、飲みかけていた茶を噴き出す。

「笑いごとではございません」

「まあ、気にするな。近いうちに詫びることができる日がくるだろうよ」

錦之介はしばらく考えてから——。

「そ、それはどういうことでございますか」

「そんな気がするだけだ」

鉄斎は湯飲み茶碗を静かに置いた。

「と、殿、どうしてここに……」

芝《しば》の増上寺《ぞうじょうじ》の門前で、黒石藩江戸家老の工藤惣二郎《くどうそうじろう》は、足を止めた。

「そのように、顔を顰めるな。ただでさえ鬼のようなのに、鬼より怖い顔になるぞ」

そう言って笑ったのは、津軽甲斐守高宗だ。その横で、用人見習《ようにんみなら》いの田村真之介《たむらしんのすけ》は、流れる汗をしきりに拭っている。そんな真之介を見ていらついた惣二郎は、さらに一段眉を引き上げる。

「そら、見よ。いたいけな童《わらべ》が逃げていきよるわ」

高宗が指さす方を見ると、道で遊んでいた男の子が逃げていった。惣二郎は低い声で唸《うな》る。

「本日の会合は公《おおやけ》のものではございません。徳島藩の惣奉行を務められる若芽殿と、某《それがし》の顔合わせにすぎませぬ。何度もそう申し上げましたのに」

そう言うと、真之介を鋭く見る。真之介は蛇《へび》に睨《にら》まれた蛙《かえる》のように、息を呑みこんだ。

「真之介、そなたがもっとしっかりお諫《いさ》めせねばならぬ。日ごろからお忍びばかり繰り返されるから、このような無茶を思いつかれるのだ」

徳島藩の惣奉行は、錦之介の父、若芽嘉兵衛《かへえ》である。両者の会合があることを知った高宗は、同道したいと駄々《だだ》をこねたが、惣二郎に一蹴《いっしゅう》された。しかし、それでも諦《あきら》めずに、真之介を脅《おど》してその場所が増上寺であることを突き止めたのだった。中間《ちゅうげん》一人を連れて増上寺にやってきた惣二郎は、門前で高宗と真之介が待っていることに気付いて、ことの成り行きを理解した。

「そう怒るな。俺はどうしてもその若芽嘉兵衛という人を見てみたいのだ」

そう言うと、左の眉のあたりをさっとなぞった。

「殿。聞きそびれておりましたが、その眉は……」

高宗は無毛になった左の目の上を擦《こす》る。

「その、何と申しますか、見た目が奇妙と申しますか……」

「ないものはないのだ。北国《ほっこく》では、眉毛を片方剃るのが流行《はや》っているとでも言えばよかろう」

「また、そのような戯言《ざれごと》を」

高宗は大きな門を見上げる。

「それにしても増上寺は大きいのう。これに較《くら》べたら我が藩の江戸屋敷は犬小屋だな。さあ、すまぬがそのほう、案内《あない》を頼む」

高宗は門番にそう話しかけると、境内《けいだい》へと入っていった。

すると、僧侶が現れ、そつなく奥の間へといざなってくれる。増上寺は将軍家ゆかりの名刹《めいさつ》だが、須賀田家ともゆかりが深いらしい。

部屋へ通されると、そこにはすでに二人の人物がいた。

「……む」

惣二郎は思わず唸った。老齢に差し掛かったと見える風体《ふうてい》の人物が、おそらく若芽嘉兵衛である。しかしもう一人、後方で微笑《ほほえ》んでいるのは……。

「考えることは、二十五万六千石の大将も一緒だな」

高宗はそう呟くと、嬉《うれ》しそうに頷いた。

徳島藩藩主、須賀田阿波守政勝は気さくな人物だった。高宗よりも十五歳年長で、高宗は少し話をしただけで、政勝のことがまるで兄か叔父《おじ》のように思えた。

「ここだけの話だが、厄介《やっかい》な仕事を仰せつかったものだ」

高宗は頷く。

「まったくでございます。須賀田様にとってさらに厄介なのが、共に修繕を仰せつかったのが、津軽藩、中でも小さな黒石藩ということでござる。貧乏で気の利かぬ田舎者《いなかもの》ですが、徳島藩の方々に迷惑がかからぬよう、できるだけのことはさせていただく所存でございます」

政勝は膝《ひざ》を叩いた。

「高宗殿とは気が合いそうで安心いたした。どのような人物なのかと気になっていたのだが、うまくやっていけそうだ。高宗殿、いかがかな。堅苦《かたくる》しい物言いはやめて、ざっくばらんに話すというのは。わしのことは、そうだのう、阿波と呼んでほしい」

「望むところでございます」

政勝は嬉しそうだ。

「わしは好き嫌いが激しくてのう。虫が好《す》かんと表情《かお》や態度に露骨に出てしまう。直さなければと思うのだが、生まれ持った気質はどうにもならん。これで、わしの側近たちも安心するであろう。なあ、嘉兵衛」

若芽嘉兵衛は、政勝を見て苦笑いを浮かべる。

「某《それがし》も安堵《あんど》いたしました。我が殿ときましたら、お相手が気に入りませんと、喧嘩《けんか》はふっかけるわ、途中で席は立つわ、もう手に負えませぬ。後始末をするのは、すべてこの嘉兵衛でござる」

工藤惣二郎が身を乗り出した。

「若芽殿。ご案じ申し上げる。某も同じ身の上でございますから」

「おお。工藤殿もご苦労されておいでか」

「苦労などという生易《なまやさ》しいものではござらぬ。この身がいくつあっても足りませぬ」

政勝は笑った。

「ほう。高宗殿はどのような悪さをいたすのだ」

「はい。貧乏旗本の……」

高宗は工藤惣二郎の話を止める。

「おい、惣二郎。余計なことは申すな」

工藤惣二郎は背筋を伸ばす。

「はっ。危ないところでした。お家に関わることでございますから」

政勝はさらに大声で笑った。

「高宗殿も、かなりのやんちゃをしているようでござるな。そこがまたよいではないか。手土産《てみやげ》は饅頭をひと箱。なかなかできることではない」

高宗は首筋に手をあてる。

「面目《めんぼく》次第もございません」

「いや。わしは賞賛しておるのだ。人はとかく見栄《みえ》を張りたがる」

「阿波殿がおいでになるとわかっておりましたら、小遣いをはたいて、ふた箱は持参いたしましたのに」

高宗が茶目っ気たっぷりに言うと、政勝は大笑いした。

「どれ、非礼《ひれい》やもしれぬが、今その饅頭をいただこうか。甘いものが大好物でな」

そう言うと、政勝は自ら蓋《ふた》を開け、饅頭を手に取り、口の中に放り込んだ。

「あっ」

真之介が、思わず声を洩《も》らした。毒味役《どくみやく》もなく、到来物《とうらいもの》を口にすることは、二十五万六千石の藩主がすることではない。政勝は、高宗にも饅頭を勧める。

「うまい。これは嬉しいものをいただいた。わしは心が狭いから、残りは全部一人でいただこう。……いや、それは悪いか。嘉兵衛にも一つ、そちらのお二方にも一つずつ差し上げよう」

若芽嘉兵衛は、そんな主を見て微笑んでいる。

高宗は、どこまでも穏《おだ》やかな様子の嘉兵衛を見て、なるほど、これがあの錦之介の父かと思わず目を見張った。

「まこと、よい出会いであった」

政勝はそう言うと、にっこり笑う。

「わしは高宗殿の飾らぬ人柄に惹《ひ》かれた。それなら、わしも一人の男として付き合うことができるからのう。高宗殿、そうは思いませぬか」

高宗は一礼をした。

「ありがたきお言葉、恐悦至極《きょうえつしごく》に存じます」

「だから、そのような気詰まりな物言いはよそうと申しているのだ。今日はお役目ぬきの顔合わせでござる。御濠の話は脇において、酒でも呑んで楽しくやろうではないか。のう、高宗殿」

「願ってもないことでございます」

「工藤殿も、田村殿も同席してくだされ」

「し、真之介もでございますか」

「気にすることはない。無礼講《ぶれいこう》の席だ。こちらも黒石藩との取り次ぎを務める者を引き合わせておきたいのでな。それでは、席を移るとしよう」

しばらくすると、隣の座敷に据《す》え膳《ぜん》が六膳、三人が向かい合う形で並べられた。あえて上座《かみざ》を設けていないのは、政勝の心遣いなのだろう。

「錦之介はどうした。客人をお待たせするとは無礼な奴《やつ》じゃ」

政勝が言い終えるのと同時に襖《ふすま》の外から声がする。

「若芽錦之介にございます」

「おお。錦之介か。入れ、入れ。入ってそこに座れ」

若芽錦之介は、真之介の対面の席に座った。

「嘉兵衛の嫡子《ちゃくし》での。貴藩との取り次ぎをさせていただく男だ。よろしく頼みますぞ」

錦之介は深々と頭を下げた。

「惣奉行付用人、若芽錦之介でございます。以後、お見知りおきを……」

「黒石藩藩主、津軽甲斐守高宗でござる」

「黒石藩江戸家老、工藤惣二郎でござる」

「黒石藩江戸詰め用人見習い、田村真之介でござる」

錦之介は名前を聞くたびに丁寧《ていねい》に頭を下げる。高宗は錦之介から対角の席に座っており、錦之介は高宗の顔を確《しか》と見ることはできない。

政勝が手を叩くと、酒が運ばれてきて、寺男《てらおとこ》が順に酒を注《つ》ぐ。そして六名は盃《さかずき》を傾けた。工藤惣二郎が――。

「若芽殿は下戸《げこ》でござるのかな。茶を飲んでいるようですが」

政勝は笑う。

「下戸どころか大酒呑みでしてな。ところが当藩きっての酒癖の悪さで、禁酒をさせております。数年前は、剣術大会で一位になった褒美として、この藩主が与えた刀を酔って紛失したという話です。わはははは」

　錦之介は俯く。

「この嘉兵衛が堅蔵《かたぞう》でな。わしに申し訳が立たぬと、錦之介を勘当《かんどう》して叩き出した。だが、酒さえ呑まなければ、誠実で人望もあり、剣の腕も抜群の男でしてな。しばらくは江戸で浪々の身となっていたようだが、再び徳島藩に連れ戻したというわけです。わはははは」

　工藤惣二郎も政勝につられて笑う。

「それはそれは。ですが一度、拝見したいものですな。若芽殿が酔ったところを。うちの殿は酔狂《すいきょう》なお方でしてな。殿も拝見したいはずです」

「馬鹿を申すな。もう、あんな思いはたくさ……、い、いや。そうですな。ですが、酒を無理強いするのは野暮というものですから」

　松吉の言葉の受け売りで難を乗り切った高宗は胸を撫《な》で下ろす。

　政勝はなかなかの勧め上手で、高宗はだいぶ呑まされている。相手が二十五万六千石の大名で年長者となれば、断ることもできない。政勝も盃の酒をあおった。

「しかし、高宗殿とは今日はじめて会ったような気がしないのう」

高宗もそれは同じ気持ちだ。

「私もです。幼いころから可愛《かわい》がっていただいている縁者のような気がします」

「ならば、ひとつ、高宗殿に尋ねたいことがある。気を悪くされないでほしいのだが」

「なんなりと」

政勝は、わざとらしい小さな咳払いをする。

「先程から気になっていることがあるのだが……。そ、その……、眉毛だが……。左の眉毛だけを剃っているのは、何か理由《わけ》があるのかな」

高宗は左の眉に手をやった。酒に酔ったこともあり、だいぶ気が緩んできている。

「これでござるか。お恥ずかしい話ですが、ある酔っぱらった男に剃られました」

「酔っぱらいに剃られただと」

錦之介は、はじめて高宗の顔を見た。

「く、黒田……、三十郎……、ど、殿……」

政勝は錦之介の様子がおかしいことに気づく。

「どうした、錦之介」

「い、いや、その……」

「せっかく、面白い話が聞けそうだというに、話の腰を折るでない。そ、それで、高宗殿。その眉毛は酔った男に剃られたというのか」

「いかにも」

「それは、武士か、町人か」

「歴《れつき》とした武士です」

この話に驚いたのは政勝よりも工藤惣二郎だ。

「と、殿。それは真でございますか。仮にも藩主たる者が、酔った武士に眉毛を剃られるなど、なんたる恥辱《ちじょく》。相手はどこの何者でございますか。捨ててはおけませせぬ」

高宗は笑う。

「気にするな、惣二郎。酒の上での余興だ。若芽殿は酒癖が悪いとのことだが、酔うとどうなるのですかな。暴れるとか、泣き上戸《じょうご》になるとか。まさか、人様の眉毛を剃ったりはせんでしょう。阿波殿。もし、若芽殿が酔って私の眉毛を剃ったとしたらどうなりますかな」

政勝は大笑いする。

「わははは。錦之介が酔って黒石藩藩主の眉毛を……。わははは。錦之介は間違いなく切腹でしょうな」

「阿波殿はどうなりますか」

「わしか……。わしは高宗殿に詫びるため、両方の眉毛を剃り落とすしかないのう」

その席にいた全員が笑う。もちろん、錦之介を除いてだが。高宗は真顔に戻る。

「ところで、阿波殿。先程、若芽殿が黒石藩との取り次ぎ役になると申されたが、それは間違いござらぬか」

「そのつもりだが。錦之介では役不足かのう」

「決してそのようなことは。若芽殿なら間違いないと見定めました。若芽殿が黒石藩においでくださり、評議が長引いたときなどは、当藩屋敷に止宿《ししゅく》することをお許し願いたい。何度も往復をする無駄がありません。心配はご無用です、酒を呑ませたりはしませんので」

政勝は頷いた。

「入魂《じっこん》にしていただき痛み入る。錦之介、高宗殿の厚意にかまけてお役目をおろそかにするでないぞ」

錦之介は低頭《ていとう》する。

「はっ。心得ておりまする。よろしくお願い申し上げまする」

高宗は錦之介の顔を見つめて、ニヤリと笑った。

五

松井町《まついちょう》にある酒場、三祐《さんゆう》で万造、松吉、鉄斎が呑んでいると、やってきたのは高宗だ。

「殿様。眉毛ってえのは、なかなか生《は》えてこねえもんですね」

「だがよ、しばらくすると見慣れてくるから不思議だ」

高宗が腰を下ろすと、松吉がすかさず自分の猪口《ちょこ》を渡す。

高宗は少し緊張しているようだ。ひと口酒を呑むと大きく息を吐いた。

「なんでえ、悩みごとでもあるんですかい」

万造がそう言うと、松吉は何も言わず酒を注ぎ足す。

「座敷にほかの客がいないのは都合がよい。二人に聞いてもらいたいことがあるのだ」

高宗は酒を呑み干した。

「実はな……。俺は万造殿と松吉殿に嘘《うそ》をついていた」

高宗は自分の決意を示すかのように頷いた。

「私は貧乏旗本の三男坊、黒田三十郎ではないのだ」

鉄斎は呑みかけていた酒を噴き出しそうになる。

「と……。い、いや、三十郎殿……」

高宗は笑う。

「いいのだ。鉄斎。この二人には本当のことを言いたくなった。いや、言わなければいけないのだ。私は黒田三十郎ではなく、黒石藩の藩主、津軽甲斐守高宗だ。藩主といっても一万石の貧乏小名《しょうみょう》だがな」

万造と松吉は顔を見合わせて笑う。

「洒落だと思っているようだな。悪気はなかったのだ……」

万造は高宗に徳利を差し出す。

「そんなこたあ、とっくに知ってやしたぜ。なあ、松ちゃん」

「ああ。だから何だってんですかい。おれたちにとっちゃ、本物の殿様だろうが、偽物の殿様だろうがどうでもいいんで。〝好き〟か〝嫌《きれ》え〟かってことだけでさあ。おれたちは殿様のことが大好きなんで。それでいいんですよね、鉄斎の旦那」

鉄斎は微笑む。

「いつから知ってたんだ」

万造はとぼける。

「さあねえ、いつごろだったかなあ。両国橋《りょうごくばし》の柳の陰で、工藤様が何度も頭を下げてるのを見ましてね。江戸家老が、旗本の三男坊に頭を下げるわけがねえでしょう」

「鉄斎の旦那が、何かの拍子に〝殿〟って言いかけたことだって一度や二度じゃねえ。さっきもやってやしたからねえ。あははは」

鉄斎は鼻の頭を掻《か》いた。高宗は涙ぐんでいる。高宗は注がれた酒を呑んだ。

「それみろ、鉄斎。おれを藩主と知って態度を変えるような二人ではないのだ。おれはそれをわかっていたから、本当のことを言う気になったのだ」

松吉は高宗の猪口に酒を注ぐ。

「殿様。そんなことを言うために、わざわざ来たんですかい」

高宗は、はにかむ。

「どうしたんですかい」

「じつは、万松の二人に頼みがあってな。……仇討《あだう》ちをするのだ」

「あ、仇討ち～」

万松の二人は同時に叫んだ。

「そうだ。仇討《き》ちだ」

「身内の方が斬られるか、殺されるかしたんですかい」

「そうだ。私の眉毛だ」

「ま、眉毛の仇討ちってえと、相手は……。若芽錦之介さんですかい」

「その通りだ」

高宗は勢いよく酒をあおる。

「おれが毎日、鏡でこの顔を見て、どんな気持ちになるかわかるか……。笑いが止まらん。若芽錦之介に仕返しをしなければ気が済まぬ」

万松の二人は呆れ顔になる。

「一国一城の主が、子供みてえなことを言わねえでくだせえよ」

「わりと根に持つ質《たち》なんですねえ」

鉄斎は困惑気味に尋ねる。

「それで、どうしようというのですか」

「そこよ。先日、藩主の須賀田阿波守殿に会ってきた」

高宗はそのときの出来事を話した。万造は大笑いする。

「わははは。黒田三十郎が黒石藩の藩主だと知った錦之介さんは肝《きも》を潰《つぶ》したでしょうね。そのときの顔が見たかったぜ」

「切腹どころか、首が飛んでいたところだからなあ」

高宗は真顔になる。

「そこでだ。万松の二人に仇討ちの手立てを考えてほしいのだ。おけら長屋流のやり方でな。錦之介が黒石藩に出向き、評議が長引いたときは黒石藩の屋敷に泊まってもよいとの承諾は得ている。つまり、錦之介は生け捕《ど》ったも同然よ。どうにでもなる」

万造は考え込んでいる。

「何か浮かんだか、万造さん」

「いやね。よくよく考《かんげ》えてみると、殿様がおれたちに身分を明かしたのは、おれたちのことを信じたわけじゃなくて……」

万造はここで酒を呑んだ。

「錦之介さんに、仕返しをするためなんでしょう。おれたちが本当の身分を知ってなけりゃ、やりにくくなりますからね。なにが〝おれを藩主と知って態度を変えるような二人ではない〟でえ。聞いて呆れるぜ。わははは」

鉄斎は笑いを堪える。高宗は慌てて――。

「い、いや。そんなことはない。それとこれとは話が別だ。おれは本心から……」

万造は高宗に酒を勧める。

「いいんですよ。本当のことを言ってくれたことに変わりはねえんですから。ところで、松ちゃん。どうするよ」

「おけら流のやり方で仇討ちか……」

しばらく考え込んでいた松吉だが――。

「よーし、思いついた。こいつぁいいぞ。一石二鳥ってやつだ」

万造も満面の笑みを浮かべて、膝を叩く。

「な～るほどね、俺もそう思ったぜ」

「なんだなんだ、一石二鳥とは……」

高宗は二人の顔を見て問い返すが、二人は頷くばかりで答えない。

「まあいいやな。任せてくだせえ。おいおい話して聞かせやさあ」

万造はそう言うと、にやりと笑った。

「そうでさあ。大船《おおぶね》に乗ったつもりでね。殿様にはちょいと金を用意してもらいてえんで。なーに、一両だ十両だって額じゃねえ。二朱《しゅ》もありゃ十分なんで。それから酒もお願《ねげ》えしますよ」

　高宗は不安げだ。

「そのくらいの金はなんとでもなるが、阿波殿に約束してしまったのだ。錦之介に酒は呑ませぬからと」

「そんなこたあ、心得てますって。だいいち、錦之介さんに酒を呑ましちまったら仕返しになりませんや。何にも覚えちゃいねえんですから。それから……」

「まだ、何かあるのか」

「ちょいと、殿様の力もお借りしてえんで。本物の方の殿様にね」

　松吉は味わうように、ゆっくりと酒を呑んだ。


　黒石藩の上屋敷を訪れた錦之介は身を震わせている。高宗が人払いをするとひれ伏した。

「こ、この度は誠にとんでもないことを……。お詫びの言葉もございません。この、若芽錦之介、とうに腹を切る覚悟はできておりまする」

高宗は涼しげな表情《かお》をしている。

「気にしないでくれ。おれはそんな小さな男ではない。酒の上での座興ではないか。それに、若芽殿は何も覚えておらんのだろう」

「はあ……。面目次第もございませぬ」

高宗は扇子《せんす》をパチリと鳴らした。

「だが、このままでは若芽殿の気が済まぬだろう。その気持ちもわかるというものだ。そこでだが……」

高宗は再び扇子を鳴らす。

「若芽殿に付き合ってもらいたい席がある。心配は要《い》らぬ。若芽殿に酒は呑ません。若芽殿を当屋敷に止宿させることは、阿波殿に了解を得ている。今夜は楽しんでくれ。そして、明日の朝になれば、この眉毛のことはすべて帳消しだ」

「そ、それは、どのような席でございますか」

「わははは。何も取って食おうというわけではない。おけら長屋の万造と松吉が、若芽殿と会いたいと言うのでな。おれが取り持ってやることにしたのだ。断っておくが、おれは黒石藩の藩主ではない。黒田三十郎だということを忘れんでくれ」

若芽錦之介は、田村真之介に案内されて、緑町《みどりちょう》にある小さな居酒屋の前に着いた。

「この店で万造さんたちが、お待ちだそうです」

田村真之介はそう言うと、お辞儀《じぎ》をして背を向けた。店の奥は広い座敷になっており、一人の男が立ち上がった。万造である。

「錦之介さん。お待ちしてましたよ。さ、こっちに上がってくだせえ」

錦之介は腰から刀を抜いて、座敷に上がった。

「万造さん。先日はまたしても迷惑をかけたそうで、申し訳ない。この通りだ」

錦之介は両手をついた。

「よしてくだせえよ。そんなこたあ気にしちゃいません。手を上げてくだせえ」

「ところで、今日はどのような……」

「あははは。三十郎さんが何を言ったかは知りやせんがね、錦之介さんに会わせてえ人がいるだけです」

「拙者に会わせたい人……」

「なーに、気を遣うような人じゃねえですから。この店も貸し切りにしてあります」

「貸し切り……。断っておくが、拙者はもう酒は呑まぬ」

「そんなこたあ、わかってまさあ」

表が何やら騒がしい。

「おっ。来たみてえだな」

引き戸が開いて、まず入ってきたのは松吉だ。

「さあ、親方。入《へえ》ってくだせえ。さあ、みなさんも……」

三人の女たちに支えられるようにして入ってきたのは、錦之介の知らない職人風の男だ。女たちの形《なり》は堅気《かたぎ》には見えない。どう見ても夜鷹だ。

「よーし。次はここで呑もうじゃねえか。おれの奢《おご》りでえ。遠慮するねえ。がははははは」

松吉は顔を顰める。

「前の店だって一銭も出してねえだろ。奢りが聞いて呆れるぜ」

その男は女たちと座敷になだれ込んできた。

「だ、だれでえ。てめえたちゃ。おれがだれだかわかってんのか。おれはなあ、おれは……。おれはだれでしたっけ。そ、そうだ。表具師の竹五郎とくらあ。がははははは」

錦之介は呆気《あっけ》にとられている。

「ま、万造さん。だれですかって聞きたいのはこっちの方です」

万造は何も答えない。

「おーい。酒だ、酒だ。熱いのを百本持ってきやがれ〜。がはははは。かんかんのう〜、きうれんす〜、かんかんのう〜、きうれんす〜」

竹五郎は踊り出した。松吉は女たちに囁く。

「あの男だ。もう金は払ってあるんだからよ。よろしく頼むぜ」

女たちは錦之介を見る。錦之介は色白で様子のいい男だ。女たちの表情《かお》は緩む。女たちもかなり〝出来上がって〟いるようだ。

「まあ、いい男じゃないか〜」

「あたしの好みだよ〜」

「腰が抜けて、明日は歩けなくさせてあげるからね～」

女たちが舌なめずりをしながら錦之介ににじり寄ると、錦之介は後退りをする。

「な、何をする気だ。や、やめてくれ」

女たちは錦之介に襲いかかった。

「た、助けてくれ～。万造さん、松吉さん……」

万造と松吉の姿が見えない。竹五郎は運ばれてきたばかりの徳利を鷲《わし》づかみにすると、がぶ呑みをしながら、女たちと錦之介の間に割って入る。

「てめえ。人の女に手を出しやがって。許さねえ。かんかんのう～、きうれんす～。がはははははは」

女たちは竹五郎を払い除《の》ける。

「うるさいね。親方はあっちで酒でも呑んでなよ。あたしたちは忙しいんだよ。ちょいと、お菊ちゃん。何をしてんのさ。このお武家《ぶけ》さんは、あたしのものなんだからね。新参者は引っ込んでなよ」

「冗談じゃないよ。このお武家さんだって薹《とう》が立った年増《としま》より、若い女の方がいいに決まってらあ」

「なんだって」

二人の女が取っ組み合いを始めた隙をついて、もう一人の女が錦之介に抱きつく。

「た、助けてくれ～」

竹五郎は錦之介を指差す。

「がはははは。なんだ、てめえ。まだ女を知らねえのか。よーし、おれが教えてやらあ。かんかんのう～、きうれんす～」

竹五郎は錦之介の袴の紐を解こうとする。

「何をするんですか」

「うるせえ。裸にならねえと女は抱けねえだろ」

「親方はどいておくれよ。あたしが脱がせてあげるからね」

座敷は修羅場《しゅらば》となる。赤ん坊が這《は》い這いをするようにして、その場から逃れようとする錦之介に、取っ組み合いをしていた女二人がしがみつく。

「逃げようったって、そうはいかないよ」

「金はもうもらってるんだ。何もしないで帰したとあっちゃ、夜鷹の面目が立たないからね」

「がははは。かんかんのう～、きうれんす～。がはははは」

奥の間で、襖の間からこの騒ぎを覗いている男がいる。

「わはははは。鉄斎、見てみろ。錦之介のやつ、顔を舐《な》められてるぞ。それも夜鷹にではなくて、竹五郎という男にだ。わはははは」

鉄斎は少し離れた席で盃を傾けている。

「そんなに楽しいですかな」

高宗は覗きながら、鉄斎に〝おいで、おいで〟をする。

「わははは。楽しい。楽しすぎるわ。いいからここに来て鉄斎も覗いてみろ。竹五郎が真っ裸になったぞ。あっ、ああ……。竹五郎が転んだ。わっ。竹五郎のイチモツが錦之介の顔に乗っかったぞ。わははは。錦之介。酔っぱらいの恐ろしさと、片眉の恨《うら》みを思い知るがよい。わははは」

「殿。これで満足ですかな」

「わははは。満足じゃ、満足じゃ。余は満足じゃ～。わははは」

鉄斎は溜息をつきながら、盃の酒を呑み干した。

「まあ、そう呆れた顔をするな。本当なら錦之介の両眉を落としてやろうかとも思ったが、そこは大人になって勘弁してやったのだ」

高宗はそう言うと、子供のように胸を張る。

「これで俺の仇討ちは終幕だ。次は工藤と真之介の出番だぞ。さあ、万松考案の一石二鳥はうまく幕引きといくかな」

高宗は立ち上がった。いきいきとした表情《かお》の高宗を見て、鉄斎はもう一度大きく溜息をついた。


二日後の朝――。

五六八長屋の竹五郎宅を訪ねてきたのは、上等な着物姿の武家と、従者と思われる若い武家だ。朝食の支度をしていたお多喜と娘のお智は、貧乏長屋には似つかぬ珍客に言葉が出ない。

「表具師、竹五郎宅はこちらであるかな」

座敷に座っていた竹五郎にも何が起こったのかわからない。

「そ、そうで、ご、ございますが……。あ、あの、どちら様でございますか」

武家はニコリともしない。

「黒石藩江戸家老、工藤惣二郎と申す」

「え、江戸家老……」

お多喜は仰天《ぎょうてん》する。惣二郎は座敷に座っている竹五郎に目をやった。

「竹五郎と申すのはその方か」

竹五郎はその場で正座をする。

「へい。竹五郎でございますが……」

「その方に尋ねたいことがある。二日前の夜、どこにおった」

竹五郎は考え込む。

「月が美しい夜だったがな。この数日で雨が降らなかったのはあの夜だけだ。覚えておろうが」

酒を浴びるほど呑んだ竹五郎が覚えているはずがない。お多喜が――。

「その夜でしたら、夜更けに酔って帰ってまいりましたが……」

「酒に酔っておったのか。じつは、その夜、緑町にある居酒屋に当藩の藩主がお忍びでおられたのじゃ」

お多喜の顔からは血の気が引いていく。

「く、黒石藩のお殿様がですか……」

工藤惣二郎は大袈裟《おおげさ》に頷く。

「そうじゃ。そこに三人の夜鷹を連れた男がやってきて、殿に罵詈雑言《ばりぞうごん》を浴びせたあげく……」

「よ、夜鷹を連れて……。な、何をしたのでしょうか……」

「裸になって、イチモツ……、いや、その、股間を殿の顔に押しつけようとしたらしい。その場で手打ちになっても仕方がない所業《しょぎょう》である。だが、そこで手打ちにすれば店に迷惑がかかる」

お智は竹五郎の半纏の裾を引っ張り、涙声で――。

「おとっつぁん……。おとっつぁんじゃないよね。おとっつぁん……」

竹五郎は頭《かぶり》を振る。

「わからねえ。覚えてねえ……」

工藤惣二郎の目つきは鋭くなる。

「その店におった者や、高橋を根城《ねじろ》にしている夜鷹に聞いたところ、その男は北森下町の五六八長屋に住む、表具師の竹五郎と判明した」

お多喜とお智は身体を震わせる。

「お、おとっつぁん……」

「お武家様。何かの間違いではないでしょうか」

工藤惣二郎は、箱膳《はこぜん》の横に置かれている物を指差した。

「それは何だ。ここに持て」

お智はそれを工藤惣二郎に手渡す。

「これはどうした」

「はい。二日前、おとっつぁんが酔って帰ってきたときに手にしていたものでございます」

「これは、黒石藩の藩主に代々伝わる印籠《いんろう》であるぞ。いわば家宝である。これを持っていたということは二日前、殿に狼藉《ろうぜき》を働いたのは、この竹五郎だという証《あかし》ではないか。その上、家宝の印籠まで盗むとは……」

お多喜は両手をつく。

「お許しください。この人は酒にだらしがなく、呑むと何も覚えていないんです。悪気はなかったんです」

「そのような言い訳が通ると思うか。酔っていれば何事も許されるなら、世の中は成り立たん。竹五郎、同道いたせ」

工藤惣二郎はへっついを見る。鍋には味噌汁《みそしる》が煮立っているようだ。

「武士の情けだ。身共《みども》は外で待つ。親子三人で朝餉《あさげ》をとるがよい。竹五郎が再びこの家に戻ることはないだろうからな」

お多喜は泣きながら竹五郎の身体を叩く。

「だから言ったじゃないか。いつかこんなことになると思ってたんだよ」

竹五郎は自分を叩くお多喜の手を握った。

「お多喜、すまねえ。おめえたちの言う通りだった。もう酒はやめる。金輪際《こんりんざい》、酒は呑まねえ……と誓ったところで、もう遅いわな。お多喜、せっかくお武家様もああ言ってくださってるんだ。最後におめえの作った味噌汁で温《あった》けえ飯《めし》を食わせてくれ。そうすりゃ、もう思い残すことはねえや」

お智が工藤惣二郎の前で正座をした。

「お武家様。おとっつぁんのやったことは許されることではありません。ですが……。私を代わりにお手打ちにしていただくことはできないでしょうか。今のおとっつぁんの言葉を聞いて私は……。私はおとっつぁんの言葉を信じます。お酒さえ呑まなければ、本当に優しいおとっつぁんなんです。今度こそ、お酒をやめてくれると思います。ですから、ですから、どうか私を代わりにお手打ちにしてください」

竹五郎は、涙を流して懇願《こんがん》するお智に――。

「馬鹿野郎。大事な娘を代わりに死なせる親がどこにいるんでえ。泣かせることを言うんじゃねえや」

「おとっつぁん……」

工藤惣二郎は印籠を懐に納めた。

「身共はこの娘の言葉に心を打たれた。竹五郎。酒をやめるというのは本当か。お前の身代わりになると言った、この娘に誓えるか。誓えるならば、この娘に免じて、この度のことはなかったことにしよう」

竹五郎はひれ伏した。

「誓います。もう酒は呑みません。神に誓って、いや、この娘に誓って決して呑みません」

「この細君《さいくん》と娘子《むすめご》の言葉を忘れるでないぞ。では、ご免」

竹五郎はひれ伏したままだ。工藤惣二郎は、お多喜とお智と目を合わせてから表に出た。

「真之介。あの細君と娘子は、なかなかの役者だのう」

真之介の目は潤《うる》んでいる。

「はい。でも、途中から芝居ではなかったと思います。本当の気持ちだったと思います」

「わしもそう思う」

「工藤様。竹五郎は本当に酒をやめることができますか」

工藤惣二郎は立ち止まった。

「わからん。だが、あの親子三人の絆《きずな》が深まったことは間違いなかろう。真之介よ」

「はい」

「よいものだな。殿がおけら長屋に関わりたくなる気持ちがわかったわ。これはここだけの話だぞ。殿にひとつ貸しができたのだからな」

真之介は抱き合う親子三人の姿を思い出した。気がつくと工藤惣二郎の姿がない。

「何をしている、真之介。殿が首を長くして待っておられるぞ」

その場を見たいとごねた高宗を、必死に諫めた二人だった。

「黒石藩の正念場《しょうねんば》はこれからだ。お前も心して働け」

真之介は歯切れのよい返事をすると、工藤惣二郎の背中を追うように歩き出した。

本所おけら長屋（十四）　その参

きれかけ

一

本所亀沢町《ほんじよかめざわちよう》にある金閣《きんかく》長屋は、おけら長屋の裏手にある。金閣長屋に住む連中は「おけら長屋が、金閣長屋の裏手にある」と言うが、どちらにせよ、目糞鼻《めくそはな》糞《くそ》だ。金閣長屋は、おけら長屋同様、貧乏人ばかりが住むオンボロ長屋なのだが、名前だけでも豪華にしようということで、金閣長屋と名づけられた。口の悪い連中は〝金隠し長屋〟などと呼んでいるが、便所ほど汚いわけではない。

その金閣長屋の路地に入ってきたのは、この長屋に住む曲物師《まげものし》、権三郎《ごんざぶろう》の女房、お清《きよ》だ。井戸で足を洗っているのは、同じく金閣長屋の住人で戯作者《げさくしや》の井川《いがわ》香月《こうげつ》である。

「お清さん。お前さんのところに客が来てるぞ」

お清は足を止めた。

「そりゃ珍しいこともあるもんだ。先生、まさか借金取りじゃないでしょうね」

井川香月は、なんとも言えない表情《かお》で笑った。

「お清さん。息を大きく吸ってごらん」

「何ですか。急に……」

「いいから、息を大きく吸いなさい」

お清は言われた通りにする。

「そして、ゆっくり吐《は》く。そうじゃ、そうじゃ。お清さん。驚いたり、慌《あわ》てたりしたときには、息を大きく吸って、吐く。そうやって心を落ち着かせるんじゃ。それを忘れたらいかんよ」

井川香月はまた足を洗い出した。お清は首を捻《ひね》りながら路地を歩くと、家の引き戸を開いた。奥の座敷には女が座っている。その女は俯《うつむ》いていたが、顔を上げるとお清を見た。

「お菜美《なみ》。お菜美じゃないか」

女はすぐに顔を伏せた。お清は座敷に駆け上がる。

「お菜美。お前、どこで何をしてたんだよ。おとっつぁんと、おっかさんがどれだけ心配したと思ってるんだよ」

お菜美は顔を伏せたままだ。お菜美の顔しか見ていなかったお清だが……。

「お、お菜美……。お、お前……」

お菜美の腹は太鼓のようにせり出していた。お清は息を大きく吸うと、ゆっくり吐き出した。


お菜美は金閣長屋で生まれ、曲物師の父、権三郎と、母のお清と三人で暮らしていた。父親の権三郎は昔気質《かたぎ》の職人で、喧嘩《けんか》っ早いが情には厚い。そんな気質が禍《わざわい》してか、娘のお菜美とは折り合いが悪く、よくぶつかった。二年ほど前に、権三郎と口論になったお菜美は家を飛び出した。それっきり、お菜美は一度も家に帰らなかった。

その日の夕刻――。

家に戻った権三郎が、お菜美を見て落ち着いていられるわけがない。

「お菜美。こいつぁ、どういうわけでえ。二年ぶりに面《つら》を見せたと思ったら……。な、何とか抜かしやがれ」

お清は、何をしでかすかわからない権三郎に抱きつく。

「お前さん、お菜美は大事な身体《からだ》なんだよ。落ち着いておくれ。いいかい。まずは大きく息を吸ってごらん」

「な、なんでえ、そりゃ」

権三郎は、お清の手を振り解《ほど》いて、その場に座った。

「いいから、大きく息を吸うんだよ」

権三郎は息を吸った。

「そしたら、ゆっくり吐いてごらん。ほら、気持ちが落ち着いてきただろう」

お菜美は顔を伏せたままだ。

「それで、お清。おめえは何も聞いてねえのか。お菜美がどこで何をしてたとか、この腹の父親《てておや》がだれなのかとかよ」

「それが、ここに帰ってきてからひと言も話さないんだよ」

お清は溜息《ためいき》をついた。

「でもね、お前さん。あたしたち親が、まず考えなきゃいけないことは、お菜美のお腹《なか》にいる赤ん坊のことだよ」

「そ、そんなことはわかってらあ」

「お菜美に何があったのかはわからない。でもね、ひとつだけはっきりしていることがある。お菜美が帰ってこられるところは、ここしかなかったんだよ。その、お菜美の気持ちだけは汲《く》んでやっておくれよ」

権三郎は、俯くお菜美を見つめた。


おけら長屋の井戸端《いどばた》に集まっているのは、お里《さと》、お咲《さき》、お奈津《なつ》の三人だ。お里は米を研《と》ぎ、お咲は大根を洗い、お奈津は水を汲んでいる。お奈津は桶《おけ》に水を移すと、手の甲《こう》で額《ひたい》の汗を拭《ぬぐ》った。

「お里さん。この前、お糸《いと》ちゃんを見かけたけど、ずいぶんお腹が大きくなりましたよね」

お里が答える前に、お咲が口を挟《はさ》む。

「そうだよ。でも、まだ三月《みつき》も先の話だよ」

「お里さん。お糸ちゃんはどこで産むんですか。文七《ぶんしち》さんのほうには女手がないし、やっぱり、こっちで産んだ方が、お糸ちゃんも安心ですよね」

お里が答える前に、お咲が口を挟む。

「文七さん側の女の人といえば、文蔵《ぶんぞう》親方の娘さんのお豊《とよ》さんくらいだろ。女手があるのは、なんといってもおけら長屋さ。あたしが聞いたところによると、聖《せい》庵堂《あんどう》の離《はな》れだって話だよ。あそこなら、聖庵先生やお満《まん》さんもいるから安心だって、取り上げ婆《ばばあ》のお菅《すが》さんも言ってるそうだ」

お奈津は桶の水で手を洗った。

「そうですよね。あたしもそれがいいと思います。それじゃ、お里さんも忙しくなりますね」

お里が答える前に、お咲が口を挟む。

「まったくだよ。でも初孫だからね。嬉《うれ》しい忙しさってやつだよ」

お里は米を研ぐ手を止めた。

「ちょいと、お咲さん。なんで、あんたが答えるんだよ。お糸はあたしの娘なんだからね」

「いいじゃないのさ。お糸ちゃんは、お里さんの娘には違いないけど、おけら長屋の娘でもあるんだから」

　そう言われると、お里も悪い気はしない。お咲は続ける。

「お糸ちゃんも、お里さんの娘と言われるよりは、おけら長屋の娘って言われた方が嬉しいと思うよ」

「ちょいと、それはどういうことだい」

　お奈津が割って入る。

「と、ところで、裏の長屋のお菜美ちゃんのことは聞いてますか」

　目を吊《つ》り上げていたお里の表情《かお》が変わった。

「二年ぶりに帰ってきたら、来月が産み月だっていうじゃないか」

　お咲は頷《うなず》く。

「帰ってきたのはいいけど、二年間どこで何をしてたのか、お腹の子の父親がだれなのか、ひと言も喋《しゃべ》らないそうだ。よほどのわけありなんだろうね」

　亭主の喜四郎《きしろう》と所帯《しょたい》を持つ前に、わけありの子を産んだことがあるお奈津にとって、お菜美のことは他人事《ひとごと》ではない。

「何があったかは知らないけど、一番辛《つら》いのはお菜美ちゃんなんですよ。かわいそうに」

お里は前掛けで手を拭《ふ》きながら――。

「お清さんも権三郎さんも、それがわかっているから、何も言えないのさ。まあ、時間《とき》がたてば、お菜美ちゃんだって話すだろうさ。今は、そっとしておいた方がいいだろうね」

お咲は小さく溜息をついた。

「そういえば、お菜美ちゃんとお糸ちゃんは同い年だよね」

「そうだよ。小さいころからよく一緒に遊んでた。二年前に、お菜美ちゃんが家を飛び出したときは、お糸も心配して、あちこちを捜《さが》し回ってたみたいだけどね。そうだ。お糸になら話すかもしれない」

お奈津は間髪《かんはつ》を容《い》れずに――。

「あたしはやめた方がいいと思うなあ。お糸ちゃんだって大切なときですよ。わけありの話に首を突っ込んで、身体に障《さわ》ったらどうするんですか。お糸ちゃんだって、聞いたからには放っておけなくなるでしょう。なんたって、おけら長屋の娘なんですから」

お咲も大根を洗う手を止める。

「お奈っちゃんの言う通りだよ。お糸ちゃんの耳には入れない方がいいね」

お里は黙って頷いた。


仕事が終わって湯屋《ゆや》に寄った八五郎《はちごろう》が家に戻ると、そこにいたのは娘のお糸だ。

「なんでえ、お糸じゃねえか」

お糸は大きくなった腹を摩《さす》った。

「出歩いて大丈夫《でえじょうぶ》なのか。転《ころ》びでもしたら大変《てえへん》なことにならあ。おめえ一人の身体じゃねえんだぞ」

お糸は笑った。

「わかってるよ、おとっつぁん。でも、お菅さんも少しは歩いた方がいいって言ってたしね。今日はお染《そめ》さんのところに用事があったの。今日で、裁縫《さいほう》の手伝いはしばらく休ませてもらうから。まだ帰ってきてないみたいだから、もう少ししたら、また行ってみる」

八五郎は道具箱をいつものところに置いた。

「そうかい。お染さんのところにねえ。おれはまた、お菜美ちゃんの一件で、おめえが来たのかと思っ……、た……、ぜ……」

八五郎の声はだんだん小さくなる。

「お菜美ちゃん……。お菜美ちゃんって何よ。お菜美ちゃんのことが何かわかったの」

八五郎は慌てふためく。

「な、何でもねえよ。この節は、な、なみ、涙もろくなったって話で……。おれも歳《とし》だからよ」

「なんで、おとっつぁんが涙もろくなると、私が来なくちゃいけないのよ」

八五郎は目頭《めがしら》をおさえる。

「ほ、ほら。もう涙が出てきやがった。ちょいと顔を洗ってくらあ」

「ごまかさないでよ。お菜美ちゃんがどうしたの？」

「ああ、悲しいなあ……」

「いいわよ。私、金閣長屋に行ってくる」

八五郎は土間に両手をついた。

「頼む、お糸。聞かなかったことにしてくれ。お里から口止めされてたんでえ。お糸には言っちゃいけねえと。また、おれが叱《しか》られるじゃねえか。それだけじゃねえ。万松《まんまつ》の耳にでも入《へえ》ったら、笑い者《もん》にされらあ」

お糸は呆《あき》れ返る。

「おっかさんに叱られるのも、万造《まんぞう》さんや、松吉《まつきち》さんに笑われるのも、いつものことじゃないの……」

お糸は少し考えてから――。

「お菜美ちゃんが帰ってきたのなら、私に隠すことなんかないよね……。お菜美ちゃんに何かあったのね。おとっつぁん、お菜美ちゃんに何があったの。ねえ、おとっつぁん。はっきり答えて」

「聞いてから、すぐに忘れてくれるってえなら、話さねえこともねえが」

「いいから、話して」

八五郎はいつもの席に腰を下ろした。

「お菜美ちゃんが帰《けえ》ってきたんだよ。心配《しんぺえ》するねえ。お菜美ちゃんは元気だ」

お糸の目からは涙が溢《あふ》れ出す。

「よかった……。お菜美ちゃん、死んじゃったのかもしれないって思ってたから。本当によかった。それで、お菜美ちゃんは金閣長屋にいるの」

「ああ」

お糸は立ちあがった。

「待ちねえ。お菜美ちゃんが帰ってきただけなら、おめえに隠すことなんかねえだろうよ。ちょいと、わけありなんでえ。いいから、座れ」

お糸はお腹を気にしながら座った。

「お菜美ちゃんは身籠《みご》もってる。来月は産み月っていう腹の大きさだ。どこで何をしてたのか、腹の子の父親がだれなのか、ひと言も喋らねえそうだ」

お糸は自分のお腹に手をやった。

「今はそっとしといてやれ。そのうち話す気にもなるだろうよ。それが優しさってもんだ。おめえとお菜美ちゃんは幼馴染《おさななじ》みだ。気になるのはわかる。わかるけどよ、今のおめえには、てめえの身体のことだけを考《かんげ》えてほしいんでえ。それが親の思いってもんだ。おめえにもそれくらいのことはわかるだろう。親だけじゃねえ。おけら長屋の連中は、みんなそう思ってるんでえ」

お糸は微笑《ほほえ》んだ。

「わかってるよ。おとっつぁんの気持ちも、おっかさんの気持ちも、おけら長屋の人たちの気持ちも。だから心配しなくていいよ。もうこの話はおしまい。それより、おとっつぁん」

「な、なんでえ」

「私に子供が生まれたら、名前をつけてほしいの」

「名前《なめえ》だと」

「そう。おとっつぁんにつけてほしいのよ」

八五郎は嬉しさを隠そうとして、表情《かお》を引き締める。

「そんなもんは、親がつけるもんだろ。文七が考えりゃいいじゃねえか。それじゃなくたって、文蔵親方だっているだろう」

「文七さんが言い出したことなの。名前はおとっつぁんにつけてほしいって。親方もそうしろって」

「そんなことを言われてもよ」

「いいわね。頼んだわよ。でも、男の子だったら、〝万〟とか〝松〟がつく名前はやめてよね」

八五郎は大笑いする。

「そんな名前《なめえ》をつけるわけがねえだろ。縁起《えんぎ》でもねえ。よーし。任《まか》せておけ。おれが立派な名前をつけてやらあ」

「それじゃ、お染さんの家を覗《のぞ》いてくるね」

お糸が向かったのは、もちろんお染の家ではない。

お糸は権三郎の家の前に立つと、声をかけた。

「お菜美ちゃんいる?」

お糸は引き戸に手をかけると、ゆっくり開いた。

「お菜美ちゃん……」

お菜美は座敷に座っていた。お菜美の他にはだれもいないようだ。

「お菜美ちゃんが帰ってきたって聞いたもんだから」

お糸は涙を拭った。

「よかった。もう会えないかもしれないって……」

お菜美は、お糸の顔を見た。

「おっかさんに頼まれたの？　あたしからいろいろと聞き出してほしいって」

お菜美の表情《かお》には明らかに険《けん》がある。

「お菜美ちゃんのおっかさんには会ってないよ。おけら長屋でそんな話を耳にしたもんだから」

「……相変わらず、お節介《せっかい》なんだね。あんたの長屋は」

お菜美に、あんたよばわりされるのは、はじめてのことだ。

「それなら丁度いいや。教えてよ。あたしの噂《うわさ》はどんな風に広まってるの。二年ぶりに帰ってきたと思ったら、こんなお腹をしてさ。男に捨てられたって？　それとも、とんだ阿婆擦《あばず》れだって？」

お糸は心を落ち着かせた。この二年の間に、お菜美に起こったことは計り知れない。でも、心が荒《すさ》むことがあったとしても、心根《こころね》は変わらないはずだ。

「そんなことは、だれも言ってないよ」

お菜美は鼻で笑った。お糸はお菜美に歩み寄った。

「私は……。私はお菜美ちゃんの顔が見たかっただけ。お菜美ちゃんがいなくなったとき、あちこちを捜したんだよ。当たり前だよね。幼馴染みなんだから。お菜美ちゃんが帰ってきたって聞いたから、会いたいって思っただけだよ」

「本当にそうかしらね……」

お菜美は横を向いた。

「お糸ちゃん、左官《さかん》の親方と一緒になったんだってね。おっかさんが言ってたよ。男前で気風《きっぷ》のいい人だって。みんなに祝ってもらって所帯を持って、おしどり夫婦って言われて、子供を身籠もって……。お糸ちゃんは昔からいつもそうだった。みんなに愛されて、可愛《かわい》がられて、助けられて。だから、本当はお糸ちゃんのことが鬱陶《うっとう》しかった。いつも比べられて、あたしだけ貧乏くじを引かされて。ほら、見てごらんよ。同じようなお腹をしていても、私はわけありで、厄介者《やっかいもの》扱いなんだから」

お糸は、お菜美の手をとろうとした。

「お菜美ちゃん……。そんなことないよ。どうしてそんな考え方をするの。ねえ、お菜美ちゃん。何かあったんなら私に話してよ。力にはなれないかもしれないけど、話を聞くくらいならできる。気持ちだって楽になるかもしれないよ」

お菜美は歪《ゆが》んだ笑みを浮かべ、お糸の手を払った。

「お糸ちゃん。さぞかしいい気分なんだろうね。あたしを見下してさ。家を飛び出して、こんな姿になって帰ってきたあたしを、心の中じゃ笑ってるんでしょ。いいんだよ、笑って。その方がすっきりするから」

お糸は唇《くちびる》を噛《か》み締《し》めた。お菜美に言い返す気持ちなどはさらさらない。ただ、悲しかった。悲しかっただけだ。お糸の頰《ほお》を伝った涙が土間に落ちた。

「いいよねえ。涙が似合うっていうのは。そうやって泣けば、またみんなが心配してくれる。あたしにはとてもできないよ」

お糸は涙を拭わずに微笑んだ。

「また来るね。どう思われたっていいよ。私はお菜美ちゃんの幼馴染みなんだから」

お糸は振り返ると、表に出てゆっくりと引き戸を閉めた。

お染の前に座ったお糸は赤い目をしている。お染はお茶を淹《い》れながら——。

「うーん……。何かしらねえ。文七さんと喧嘩したわけでもなさそうだし、八五郎さんとお里さんが揉《も》めてるって話も耳にしてないし……。裏の長屋のお菜美ちゃんってとこかな」

お糸は手拭いを顔にあてると大声をあげて泣いた。

「おやおや、当たっちまったみたいだねえ。まあ、落ち着くまで泣いちまいなよ」

泣きやんだお糸は、あらましを話した。

「私、お菜美ちゃんに、そんなふうに思われてたなんて知らなかった」

お染は茶を啜《すす》った。

「馬鹿《ばか》だねえ。それは、お菜美ちゃんの本心じゃないよ。お菜美ちゃんに何があったのかは知らないけど、今は心が荒んじまってるのさ。おまけに身重《みおも》となりゃ、なおさらだろ。不安で不安で仕方ないんだよ。そんなときに優しくされたら、逆に苛立《いらだ》つってこともあるだろう」

お糸は黙っている。

「お糸ちゃんの気持ちはわかるけど、今度ばかりは八五郎さんの肩を持つよ。お糸ちゃんは今、他人《ひと》のことに首を突っ込むときじゃない。お腹の子に障ったらどうするの」

お染はいつになく、きつい表情《かお》になった。

「お菜美ちゃんのことは、放っておきなさい。あたしたちができるだけのことはするから。だから約束してちょうだい。お糸ちゃんは、元気な子を産むことだけを考えるって。お糸ちゃん、ちゃんとあたしの顔を見て」

お糸は顔を上げて、お染の目を見た。

「いいかい。約束できるかい」

お糸は頷いた。

二

松井町《まついちょう》にある酒場、三祐《さんゆう》で呑んでいるのは万造、松吉、八五郎の三人だ。

「馬鹿だねえ。そんなことをお糸ちゃんに言っちまうなんてよ」

「考《かん》えて喋るってことができねえからよ。ああ、情けねえ」

「情けねえのにもほどがあらあ」

「そんでもって、とどのつまりはこっちにお鉢《はち》がまわってきやがったぜ」

八五郎は肩を落として俯いている。万造は猪口《ちょこ》を置く。

「お染さんは、お糸ちゃんに約束しちまったらしいぜ。お菜美ちゃんのことはあたしたちに任せろってよ。その〝あたしたち〟ってえのは、だれのことだと思いますかい。ええ、八五郎さんよう」

松吉も猪口を置く。

「一応、お染さんには聞いてみたんでえ。その〝あたしたち〟ってえのは、だれのことでえってよ。そしたら〝あんたたちに決まってんだろ〟ときやがった。冗《じょう》談《だん》じゃねえや。八五郎さんのおかげで、また仕事が増えちまったぜ」

八五郎の肩はさらに落ちていく。

「〝お糸ちゃんの身体に障らないようにするためだから〟なんぞと言われたら突っぱねるわけにもいかねえしな」

「おう。黙ってねえでなんとか言ってくれや、八五郎さんよ。こんな能天気《のうてんき》な男に、生まれてくる子の名前《なめえ》をつけてくれなんざ、お糸ちゃんもどうかしてるぜ」

そこに現れたのは島田鉄斎《しまだてつさい》だ。八五郎は救いの神とばかりに笑顔を作る。

「旦那《だんな》。さあさあ、座ってくだせえ。お栄《えい》ちゃん。熱い酒を二、三本頼むぜえ。どうですかい、旦那。今日の天気は……」

万造は呆れる。

「今日は朝からずっと雨だろ。旦那の着物を見てみやがれ。ずぶ濡《ぬ》れじゃねえか」

鉄斎は笑いながら腰を下ろす。

「八五郎さん。だいぶ不利のようだな」

松吉は、お栄が投げた猪口を受け取ると、鉄斎の前に置いて酒を注《つ》いだ。

「不利どころか、端《はな》から白旗を揚げてまさあ」

鉄斎は酒を呑《の》む。

「お染さんから小耳に挟んだが、もう、それくらいにしたらどうだ。八五郎さんに悪気はないのだから」

「これで悪気があったら殴《なぐ》ってまさあ」

鉄斎は俯く八五郎に酒を注いだ。

「ところで、お染さんの話によると、お糸ちゃんはかなり傷ついているようだな。早く安心させてやらないと、お腹の子にもよくないと言っていた」

万造は首筋を掻《か》く。

「だがよ、お菜美ちゃんは喋らねえ。どこに行ってたかもわからねえ。これじゃ、手の打ちようがねえや」

松吉は首筋を叩《はた》く。

「ああ。それに、お菜美ちゃんは若くて身重ときてる。おれたちが下手《へた》に動いて何かあったら洒落《しゃれ》にならねえ。ここは待つしかねえだろう。お菜美ちゃんだって、そういつまでもだんまりを通せねえはずだ」

鉄斎は松吉に徳利《とくり》を差し出す。

「お染さんも同じ考えだ。お糸ちゃんの手前、任せろとは言ったものの、これといって打つ手はない。それに、お菜美ちゃんだって大切なときだ。松吉さんが言うように、私たちが下手に首を突っ込んで、身体に障るようなことになったら、それこそ取り返しがつかん。今は、お糸ちゃんとお菜美ちゃんに元気な子を産んでもらうことが先決だ。しばらくは、そっとしておくしかないだろう」

万造と松吉に異論はないようで、小さく頷いた。


その三日後――。

松吉の家の引き戸を開けたのは島田鉄斎だ。座敷で呑んでいるのはもちろん、万造と松吉だ。

「ちょっと、いいかな」

松吉は少しばかり怪訝《けげん》そうな表情《かお》をする。

「何ですかい、改まって。自分の家のようなもんじゃねえですか。勝手に入《へえ》ってきてくだせえよ」

鉄斎は後ろを気にしている様子だ。

「いや。ちょっと連れがいるものでな」

鉄斎が引き戸から入ってくると、続けて若い男が入ってくる。鉄斎に着物の袖《そで》をつかまれているのだ。万造と松吉には見覚えがない男だ。万造はその男を舐《な》めるように見る。町人だが、職人には見えない。

「だれですかい。そいつは」

鉄斎は、その男の背中を押すようにして座敷に上がらせた。男は背中を丸めて正座をした。

「裏の香月先生のところに用事があってな。帰ろうとして路地に出たら、物陰に隠れている男がいたから捕《つか》まえてきた」

松吉は片膝立《かたひざだ》ちになる。

「てめえ。泥棒か」

万造は笑った。

「あんな貧乏長屋に入《へえ》る泥棒がいるわけがねえだろ」

「違《ちげ》えねえや。それじゃ、この野郎は……」

鉄斎はその男の前に座った。

「あんた。お菜美ちゃんのお腹の子の父親ではないのか」

万造と松吉は顔を見合わせる。男は黙ったままだ。

「やはり、そのようだな」

その男は唇を噛み締めた。

同じころ、お染は湯屋の帰り道で、お菜美と出くわした。

「お菜美ちゃんじゃないか。久し振りだねえ」

三年ほど前、権三郎と喧嘩をして家を飛び出したお菜美を金閣長屋に連れて帰り、権三郎との仲を執《と》りなしたのがお染だ。

お菜美は、俯いて何も答えない。

「……ご機嫌《きげん》が悪いようだねえ。触《さわ》らぬ神に祟《たた》りなしってやつか。それじゃ……」

歩き出したお染だが、立ち止まって振り向く。

「そうそう、お菜美ちゃん。思い違いしてるといけないから教えとくけどさ。お腹を大きくして帰ってきたことが、そんなにたいそうなことなのかい。みんなが白い目で見るって？　それは、お菜美ちゃんが自分のことを白い目で見ているからさ。何があったのかは知らないけど、世の中にはお菜美ちゃんより辛い思いをしてる女なんていくらでもいるんだよ。お菜美ちゃんには帰るところがある。両《ふた》親《おや》だっている。おまんまだって食べさせてもらってるんだろう。それで文句があるなら帰ってこなけりゃいいじゃないか。あたしが言いたいのはそれだけ」

お染は歩き出す。背中にお菜美の声がかかることを祈りながら。

「お染さん」

振り返ると、お菜美がすがるように、お染の顔を見つめている。

「おやおや、なんだい、その顔は。三年前とまるで変わらないじゃないか」

お染は、お菜美に歩み寄ると微笑んだ。

「そこで、お茶でも飲もうか」

近くにある茶店では、店の主《あるじ》が暖簾《のれん》をしまおうとしている。

「もう看板かい。すまないけど、ちょいと……」

茶店の主は、お染の言葉を遮《さえぎ》る。

「いま、暖簾を出そうとしてたところで。あはは。お染さんはお得意様ですから」

「すまないねえ。それじゃ、お茶とお団子《だんご》をもらおうかしら」

茶店の主は、お菜美に目をやってから――。

「お茶ですかい。お染さんには、〝おちゃけ〟と佃煮《つくだに》もお出しできますけど」

「そいつは、ありがたいねえ」

二人は店の奥に座った。二人はしばらく黙っている。そんな気配を察してか、主は酒と茶を出すと、「ごゆっくり」という言葉を残して店の奥に消えた。

お菜美の目には涙が溜《た》まってきた。

「お染さん……」

お染は手酌《てじゃく》の酒を舐めるように呑んだ。お菜美の言葉を待つつもりだ。

「じつは、好きな男《ひと》がいたんです」

「それは、いつのことだい」

「私が、おとっつぁんと喧嘩をして家を出ていく前からです」

「そのことを、権三郎さんやお清さんは知ってたのかい」

「知りません」

「そうなのかい」

お染は気のない返事をする。お菜美にとっては、その方が気が楽だ。

「その人は、袋物《ふくろもの》屋の奉公人《ほうこうにん》なんです。ちょうどそのころ、手代《てだい》になって独《ひと》り暮らしを始めたところだったんです」

お染は微笑んだ。

「なるほどねえ。それで、権三郎さんと喧嘩をしたことをきっかけにして、その人のところに転がり込んだってわけかい。いいねえ、若いっていうのは」

他の人に言われたなら腹が立ちそうな言葉でも、お染が話すと粋《いき》にさえ思えてしまうから不思議だ。

「それもあるけど……。おとっつぁんと喧嘩になったのも男の人のことで。おとっつぁんは、私を曲物師の弟《おとうとでし》弟子に嫁《とつ》がせようと思っていたんです。その日も、その話になって。でも、私には好きな男《ひと》がいたから。その人のことを言ったら反対されるに決まってるし。このままだと、おとっつぁんの言いなりになって、その弟弟子と所帯を持たされると思ったから、家を飛び出したんです」

「そうだったのかい。権三郎さんの気質を考えたら、本当のことを話しても一筋《ひとすじ》縄《なわ》ではいかなかっただろうね。お菜美ちゃんの気持ちはわかるよ」

お染は酒を呑む。できるだけ、お菜美から話させようとしているのだ。

「その人は佐久助《さくすけ》というのですが、佐久助さんは真面目《まじめ》で優しい人なんです。でもその真面目さや優しさが裏目に出てしまうこともあるんですね」

「それは、どういうことだい」

お菜美は、はじめて茶に口をつけた。

鉄斎は、その男の前に湯飲み茶碗を置くと酒を注いだ。

「何も取って食おうというわけじゃない。金閣長屋のお菜美ちゃんとは、多少なりとも関《かか》わりがあるもんでな」

男は俯いたままだ。松吉は男の前に置かれた湯飲み茶碗を少し押した。

「まあ、呑みねえ。少しは気も落ち着くってもんだ」

その男はか細い声で――。

「酒は呑《や》りませんので……」

「そうなのかい。それじゃ、遠慮なく」

男の前に置かれた湯飲み茶碗に手を伸ばした万造の額を、松吉が叩く。

「万ちゃん。洒落や冗談をやってる場合じゃねえだろう」

「いや、おれは、こいつの気持ちをほぐそうと思ってよ」

鉄斎は笑った。

「あんたの名を教えてくれ。名は何という」

男は黙っている。万造は湯飲み茶碗の酒を呑んだ。

「言えねえのなら、おめえの名前は〝下戸《げこ》〟ってことにしちまうぞ。ゲコゲコ野郎」

松吉が万造の額を叩く。

「こいつは蛙《かえる》じゃねえや」

男の口元が少し緩《ゆる》んだ。

「佐久助といいます。四谷塩町《よつやしおちょう》にある永知堂《えいちどう》という店《たな》の奉公人です。いや、永知堂という店に奉公してました」

松吉が「永知堂……」と繰り返してから――。

「何を商《あきな》ってる店でえ」

「袋物と小間物《こまもの》を扱っています」

万造は呑みかけの湯飲み茶碗を置く。

「奉公してましたってことは、やめちまったってことかい」

佐久助は黙っている。

「それで、お菜美ちゃんのお腹の子の父親になった経緯《いきさつ》を教えてくれや」

佐久助は俯く。

「おめえだって、お菜美ちゃんが気になるから金閣長屋に様子を見に来たんじゃねえのか。話によっちゃ、力になろうじゃねえか。なあ、松ちゃん」

「おうよ」

「その前《めえ》におれたちのことを話しておかなきゃならねえな。おれはこの、おけら長屋に住む米屋の万造。こいつが酒屋の松吉。そしてこちらが、島田鉄斎ってご浪人《ろうにん》だ」

松吉が割り込んだ。

「お菜美ちゃんは、二年ぶりに家に帰《けえ》ってきてから、何をしてたのか、お腹の子の父親がだれなのか、まったく喋らねえで、だんまりを決め込んでるそうでえ。おめえの話によっちゃ、お菜美ちゃんにつなぎをつけてやることだってできるんだぜ」

鉄斎は優しい口調で――。

「佐久助さん。話してみたらどうだ。もちろん、何の力にもなれんかもしれない。だが、話を聞いてみないことには何もできん」

万造も松吉も、佐久助に微笑みかけた。


お菜美は湯飲み茶碗を置いた。

「佐久助さんは、十一歳のときに、奉公に上がったそうです」

「その、四谷塩町にある永知堂というお店にかい」

「そうです。二年ほど前に手代になって、市谷本村町《いちがやほんむらちょう》にある長屋で独り暮らしを始めたんです。私はそこで佐久助さんと暮らすことになったんです。もちろん、佐久助さんも私も所帯を持つつもりでした。二人とも本気でした。ですが、佐久助さんは手代になったばかりで、まだ所帯を持てるような身分ではありません。お店に、私と暮らしていることは隠していたんです。私だって、家出をしてきたままでしたから。でも、佐久助さんが、手代として認めてもらえるようになったら、お店にも、私の両親《ふたおや》にも、きちんと話をするつもりだったんです」

お染は猪口を傾けながら、話を聞いている。

「佐久助さんは、手代になってから新しい仕事を与えられました。店の品物を売り歩く仕事です。それぞれが受け持つ地域を与えられ、得意先を回ります。得意先だけではありません。お客でもない武家《ぶけ》屋敷や商家なども訪ねて、売り歩くんです」

お染は猪口を置いた。

「大変な仕事だねえ」

「それだけじゃないんです。売り上げが悪いと、店に戻ってから番頭《ばんとう》さんに、こっぴどく叱られるそうです。その店の番頭さんという人はひどい人で、手代たちを扱《こ》き使って、売り上げが上がれば自分の手柄《てがら》にする。そうやって主に取り入り、一日も早く暖簾分けをしてもらうことだけを考えているんです」

お染は溜息をついた。

「そんな人の下で働くのは辛いねえ」

「ええ。私が身籠もってから、佐久助さんは店を休みがちになりました。身体の病《やまい》ではないと思うんです。朝になると、頭が痛い、お腹が痛いと言って布団《ふとん》から出なくなりました。そんな佐久助さんを見ていたら情けなくなって、大きな声を出してしまうようになったんです」

　お菜美は目を閉じた。

「そんなことでどうするのって。あんたは父親になるのよ。もっと強い人になってちょうだいって。頑張って仕事をして、そんな番頭さんなんか見返してやればいいじゃないのって」

　お菜美は悲しい笑い方をした。

「そしたら……、いなくなっちゃった。私は佐久助さんを励ますつもりで言ったのに……」

　その顔はすぐ、泣き顔に変わった。

「佐久助さんは自信をなくしてしまったのかもしれません。手代としても、亭主としても。そして父親としてやっていくことにも……。十日待ちました。でも、佐久助さんは帰ってこなかった。店賃《たなちん》のこともあるし、私一人で長屋に住んでいるわけにはいきません。お金だってないし。だから金閣長屋に帰るしかなかったんです」

　お染は少し安堵《あんど》した。その佐久助という男を見つけ出せばなんとかなる話かもしれない。

「だったら、権三郎さんやお清さんに本当のことを話せばいいじゃないか。あんたの両親《ふたおや》じゃないか。わかってくれるさ」

お菜美は俯いた。

「だって、おとっつぁんと喧嘩をして家を飛び出して……。男の人に逃げられて、こんな姿で帰ってくるなんて、あまりにも惨《みじ》めで、悲しくて、悔《くや》しくて……」

「馬鹿だねえ。そんなことでつまらない意地を張って」

「死のうかとも思ったんです」

お菜美はお腹を撫《な》でた。

「でも、この子のことを考えたら、それはできなかった……」

「当たり前じゃないか。その、お腹の子には何の罪もないんだよ。生まれてくる子供のことを考えて、権三郎さんとお清さんに本当のことを話しなさい」

お菜美は小さく頷いたように見えた。

「お糸ちゃんに言ったことだって、本心じゃないんだろ。お糸ちゃんがそんな娘《こ》じゃないことは、お菜美ちゃんが一番知ってるはずだからね」

お菜美は涙を拭いながら小さく頷いた。

「お菜美ちゃんの気持ちもわからないではないさ。自分一人が不幸を背負《しょ》い込んじまったような気がしたんだろ。大丈夫だよ。お糸ちゃんはわかってるから。それよりね、お菜美ちゃん……」

お染の表情《かお》は少しきつくなった。

「甘えちゃいけないよ。お菜美ちゃんが家に帰ってきて、黙っているのは両親《ふたおや》に甘えてるからさ。黙っていても許してくれるのを知っているからさ。お菜美ちゃんはこれから人の親になるんだよ。女一人で子供を育てていく覚悟はあるのかい。辛いことだってたくさん起きるよ。あんたは母親になるんだ。もっと強い人になってちょうだい。あはは。これじゃ、お菜美ちゃんの言葉の受け売りだね」

お菜美はお染の顔を正面から見て頷いた。


佐久助は松吉が淹れた茶に口をつけた。

「お菜美とはじめて会ったのは三年ほど前、日本橋の近くでした。下駄《げた》の鼻緒《はなお》が切れて困っている娘がいたんで、手拭いを裂《さ》いて、とりあえず履《は》けるようにしてあげました。それがお菜美です。そのとき、通り雨に降られまして、近くの茶屋に駆け込みました」

万造はポンと手を叩《たた》いた。

「よっ。恵みの雨ってやつじゃねえか。それでどうした」

「雨が止《や》むまで話をしました。私は二日に一度、この近くを行商してると言いましたら、お菜美がたまに会いに来てくれるようになったんです」

万造は「かぁー」という奇声を発してから――。

「やるじゃねえか。色男さんよ。おれなんざ、ここを通ると言ったら、女が避《よ》けて通るぜ。どうでえ、恐れ入ったか。わはははは」

笑っているのは万造だけだ。

「そんなことが一年近く続いたころ、お菜美が私の長屋に突然やってきたんです。父親と喧嘩をして家出をしてきたと。他に行くところがないと……」

万造は「かぁー」という奇声を発してから――。

「やるじゃねえか。色男さんよ。おれなんざ、突然やってくるといやあ、借金取りか、便所と間違《まちげ》えた金太《きんた》くれえのもんでえ。どうでえ、恐れ入ったか。わははは。ちなみに金太は尻《けつ》を出しながら入ってきやがった。わははは」

笑っているのは万造だけだ。

「もちろん、私は断りました。親御《おやご》さんに挨拶《あいさつ》もなく、嫁入り前の娘さんと暮らすなんてとんでもないことです。ですが、お菜美はどうしても家に帰りたくないと言う。それで、そのままお菜美と暮らすことになってしまいました」

松吉は猪口の酒をあおった。

「まあ、若《わけ》え男と女が暮らしてるんでえ。そのうち腹も膨《ふく》れてくるだろうよ。それで、お菜美ちゃんは、どうして一人で帰《けえ》ってくることになったんでえ」

「私が弱いからです」

「それは、どういうことでえ」

佐久助は永知堂での出来事を思い出して身をすくませた。

佐久助の足取りは重い。もう店に戻らなければならない刻限《こくげん》はとうに過ぎている。売り切らなければならない品物は、まだ半分も残っていた。店が近づくと胃の腑《ふ》が痛みだす。今日はどんな小言《こごと》が待っているのだろう。いや、小言なんて生《なま》易《やさ》しいものじゃない。あの仕打ちは拷問《ごうもん》だ。

店に戻ると、他の手代たちが集められていた。手代たちの青ざめた表情を見れば、今まで番頭が怒鳴《どな》り散らしていたのが手に取るようにわかる。佐久助が戻ると、他の手代たちは少し安堵したように見える。番頭の怒りが、自分たちより売り上げの悪い佐久助に向くからだ。その番頭は佐久助を笑顔《かお》で迎える。もちろん上げて落とすためだ。

「お前たち、佐久助を見習いなさい。こんな時刻《とき》になるまで売り歩いてきたんですから。それじゃ、ここに来て帳面を見せなさい。どれどれ……」

帳面を見た番頭の顔から血の気《け》が引く。

「な、なんだ、これは。半分も売れてない……」

番頭は手にしていた帳面を佐久助の顔に投げつけた。

「お前はこれしか売れないのに、おめおめと帰ってきたのか。お前は商《あきな》いを何だと思っているんだ。品物を売って暮らしを立てるのが商いなんですよ。お前のような奉公人を雇《やと》っていたら、お店《たな》は潰《つぶ》れてしまいます。この役立たずが。大方、どこかで油を売っていたんだろう」

「いえ、そんな……」

「言いたいことがあるなら、はっきり言ってみなさい」

煮え切らない佐久助に、番頭の怒りは激しくなっていく。番頭は荷物を佐久助に押しつける。

「さあ、今からもう一度行ってくるんだ。この品物をすべて売り切るまで帰ってくるんじゃありません。さあ、早く行きなさい」

佐久助は俯いたままだ。今から売り歩いたところで、取り合ってくれる店も家もあるはずもない。

「まったく情けない男だ。お前のような者を穀潰《ごくつぶ》しというんです。食べるだけで何の役にも立たないろくでなしのことですよ」

番頭は佐久助の襟首《えりくび》を鷲《わし》づかみにすると、他の奉公人たちの前に引きずり出して正座をさせた。

「いいか。佐久助。これから私が言うことを、大きな声で繰り返すんだ。〝私は永知堂に迷惑をかける駄目な奉公人です〟」

「……」

「ほら、何をしている。大きな声で言いなさい」

「……わ、私は永知堂に迷惑をかける駄目な奉公人です」

「声が小さい。〝品物を売ることもできない、売ろうともしない米食い虫です〟」

佐久助の目には涙が溢れてきた。

「何をしている、早く言わないか」

「品物を売ることもできない、売ろうともしない米食い虫です」

「声が小さいと言ってるだろ。〝どうか私のことを笑ってください〟」

佐久助は震《ふる》えながら声を振り絞る。

「どうか私のことを笑ってください」

松吉は自分の太腿《ふともも》を叩いた。

「ひでえ、ひどすぎらあ。奉公人を何だと思っていやがる」

佐久助はうなだれた。

「私はお店者《たなもの》には向いていないんです。永知堂に入って、それを思い知らされました。たまに品物が売れても、褒《ほ》められたことは一度もありません。やりがいもなく、ただ怯《おび》えるだけの仕事です。夜は眠れず、朝になると頭や腹が痛くなります。お店に向かおうとしても足が前に出なくなるのです。お菜美には小言を言われるようになりました。〝そんなことでどうするの。もっと強い人になってちょうだい〟と。当たり前ですよね。悪いのは私なんですから」

佐久助は拳《こぶし》を握り締めた。

「ついに、私はお店に行けなくなってしまいました。連絡せずに休んでも、お店からは何も言ってきません。私のことなど何とも思っていないのでしょう。お菜美のお腹はどんどん大きくなっていきます。私は怖くなりました。もうすぐ子供が生まれるというのに、もうお店に行くこともできません。お菜美に小言を言われても返す言葉がありません。夜は眠れないし、身体は震えるし。もう、どうしようもなくなって逃げ出しました。本当に情けない男です」

しばらく黙っていた鉄斎が、組んでいた腕を解いた。

「佐久助さん。あんたは生真面目《きまじめ》なんだな。世の中はうまくいかないものだ。この二人の爪の垢《あか》でも煎《せん》じて飲ませたい」

　万松の二人は同時にずっこけた。

「だがよ、旦那の言う通りだぜ。おれたちなんざ、番頭に小言を食らっても屁《へ》の河童《かっぱ》でえ。奉公人の前で座らされたら端歌《はうた》の一つでも唸《うな》ってやらあ。なあ、松ちゃん」

「おうよ。暇を出されたら別の仕事を見つけりゃいいだけじゃねえか。仕事なんざ星の数ほどあらあ。世の中なんかそんなもんでえ」

　鉄斎は笑った。

「まあ、そう言うな。容易《たやす》く割り切れない人もいるのだ。佐久助さん。あんた、身寄りはないのだろう」

　佐久助は頷いた。

「ええ。私が丁稚《でっち》に入ってから両親《ふたおや》は病で亡くなりました。きょうだいはいません。えっ、どうしてそんなことがわかるのでしょうか」

「帰る場所がないのでは、と思ったからだ。だから追い込まれる」

　佐久助はうなだれた。

「一度、暇を出されたら、もうまともなお店に奉公することはできなくなります。腕に職をつけるといっても、この歳からでは……」

万造は吐き捨てるように――。

「だれがそんなことを決めたんでえ。おめえじゃねえのか。おめえが勝手に決めて、勝手に自分を追い込んでるだけじゃねえのか。おめえがお店でしか働けねえって、だれが決めたんでえ。おめえはいくつだ。四十や五十じゃあるめえし、まだ二十歳《はたち》そこそこじゃねえか。まだ何だってできるんだよ。そもそもてめえは……」

鉄斎は万造の言葉を遮る。

「まあまあ、万造さん。それくらいにしたらどうだ。それで、佐久助さん。あんた、これからどうするつもりだ。金閣長屋に来て、いったい何をするつもりだったのだ」

佐久助はうなだれたままだ。

「わからないんです。お菜美のことが気になって……。気がつくと金閣長屋に来てました。でも、どうしたらよいのかわからなくて……」

鉄斎はまた腕を組んだ。

「お菜美さんには会わない方がよいだろうな」

松吉は驚く。

「どうしてですかい」

「何にもならないからだ。それどころか、お菜美さんと言い争いになるだけだろう。権三郎さんが佐久助さんと出くわしたらどうなる。身重の娘から逃げ出した男だ。殴られて騒ぎが大きくなるだけだ。佐久助さんがお菜美さんに会うのは、自分の生き方に答えを出してからだろう」

佐久助は唇を嚙んだ。

「佐久助さん。あんたは今、どこで暮らしているのかな」

「筋違御門《すじかいごもん》の八ツ小路《やっこうじ》の近く、平永町《ひらながちょう》にある勧進《かんじん》長屋です。寺小屋《てらこや》のときからの友達が住んでましてね、そこに転がり込んでます。いつまでもいられないとは思いますが」

鉄斎は顎《あご》を撫でる。

「とにかく、今日はこのまま帰ることだな。今、お前さんを金閣長屋に引きずっていったところで何も変わらん。お前さんが変わらなければな。自分と向き合って、これからのことを考えることだ。そして、またここに来るがいい。たとえ答えが出なくてもな。私たちはここか、すぐそこの松井町にある三祐という酒場にいる」

佐久助は俯いたままだった。

三

聖庵堂を訪ねた万造は、お満から薬を受け取った。

「はい。徳兵衛《とくべえ》さんの薬。一日三回、ちゃんと飲むようにって伝えてね」

万造はいかにも面倒臭《めんどうくさ》そうに、その包み紙を懐《ふところ》にしまった。

「まったく、大家《おおや》の野郎。風邪《かぜ》なんぞ引きやがって。おまけに薬を取ってこいと抜かしやがった。店賃を溜《た》め込んでるから嫌《いや》とも言えねえや」

お満は笑った。

「店賃くらいはちゃんと払いなさいよね。そうそう。産婆《さんば》のお菅さんのところに、お菜美さんって女《ひと》が来たらしいよ。おけら長屋の裏にある……」

「金閣長屋のお菜美ちゃんだろ」

「やっぱり知ってたんだ。母親に連れられて来たって。そろそろ産み月らしいから、いろいろと決めなきゃならないこともあるだろうし……」

　お満は口籠もった。

「どうしたんでえ」

「なんだか、わけありみたいだね。お萱さんに詳しいことは話さなかったみたいだけど。どんなわけが、ある、のか、なあ……」

「なんでえ、その妙な口ぶりはよ」

　お満は意味深《いみしん》な表情《かお》をする。

「おけら長屋のことだから、もう、そのわけありの根っこはつかんでるんでしょ。私にも教えてよ」

「なんで、女先生に教えなきゃならねえんだよ」

「だ、だって、その……。お、お産っていうのはね、命を落とすことだってあるのよ。お萱さんのところは、このすぐ裏でしょ。何かあったら、聖庵先生や私にも声がかかるのよ。だ、だから、その、お菜美さんって人のことは知っておいた方がいいと思って……。な、何よ。何がおかしいのよ」

「苦しい言い訳だなあ。知りたくて我慢できねえ、って素直に言やあいいじゃねえか」

「だ、だから、私はね……」

「わかった。わかったよ。教えてやるから、そう尖《とん》がるねえ。お菜美ちゃんは、二年ほど前《めえ》に父親と喧嘩をして家を飛び出した。それで先日、ひょいっと帰《けえ》ってきたんだが、腹が膨らんでたって寸法よ。どこで何をしてたか、お腹の子の父親がだれなのか、ひと言も喋らねえ」

お満は声を落とした。

「そんなことがあったんだ……」

「ふふふ……」

万造は低い声で笑った。

「気持ち悪いわね。何なのよ」

「お菜美ちゃんがどこで何をしてたのか、お腹の子の父親はだれなのか。お菜美ちゃんの両親《ふたおや》も知らねえことを、おれたちはちゃんとつかんでるってことよ。知りてえか。大家の薬代を二割増しにして、その分をおれに恵んでくれたら教えてやるぜ」

「馬鹿なこと言ってないで、早く教えなさいよね」

「なら、一割でもいい。頼む」

お満は万造の言葉など聞き流す。

「いいから、早く教えて」

万造は佐久助から聞いた話と、お染がお菜美から聞いた話を、洗いざらい話した。お満はしばらく考え込んでいたが——。

「その佐久助さんていう人は真面目な人だって言ってたわよね」

「ああ。鉄斎の旦那もそう言ってた。真面目すぎるってよ」

「そういう人には、余計なことは言わない方がいいと思うなあ」

「冗談言うねえ。あの野郎は甘えてるんでえ。意気地《いくじ》がねえんだよ。ぶん殴って性根《しょうね》を叩き直してやらねえとわからねえんだよ」

お満は喧嘩腰ではなく落ち着いた口調になる。

「ねえ、私の話を聞いて。佐久助さんは、お店でいろいろあって気鬱《きうつ》になってしまったんでしょう。そんな人に発破《はっぱ》をかけると余計に落ち込んでしまうの。私の兄にも似たようなことがあったわ」

「だったら、どうすりゃいいんでえ。鉄斎の旦那は、今のままの佐久助をお菜美ちゃんに会わせても、ややこしくなるだけだって言ってた。おれと松ちゃんもそう思う」

お満はしばらく考えていたが――。

「佐久助さんは、お店での仕事に、やりがいや生きがいを感じることができなかったんだわ。一緒に手柄を喜んだり、失敗を悔しがったりする人もいない。毎日を怯えて暮らすだけだったんだと思う」

「そういやあ、佐久助も同じことを言ってたな。お店で褒められたことが一度もねえって。だがよ、おれと松ちゃんだって、お店で褒められたことなんざ一度もねえし、仕事にやりがいを感じたこともねえ。だけど、こうしてなんとか生きてらあ」

「それはね……」

「わかってらあ。馬鹿だからってえんだろう」

「違うよ」

お満はきっぱりと言った。

「おけら長屋があるからだよ。万造さんや松吉さんは、おけら長屋に住んでることが生きがいなんだよ。だから、何が起ころうと乗り越えていける」

「そんなもんかねえ」

「そうよ。万造さんと松吉さんの二人だけじゃない。おけら長屋で暮らしてる人たちは、みんな輝いてるもん。島田さん、お染さん。八五郎さんにお里さん。それから金太さんだって。貧乏だって、揉《も》めごとを起こしたっていいのよ。自分の心を支えてくれるものがあれば、人は幸せなんだと思う。私はそれをおけら長屋から学んだの」

万造はいつになく真面目にお満の話を聞いている。

「佐久助さんには何もなかったんだと思う。本当はお菜美さんに支えてほしかったんだろうけど、お菜美さんが身籠もったことで、逆に重荷になってしまった。他人が何を言っても駄目。大切なのは、佐久助さんに自信を持たせることだと思う。そうすれば、自分から変われると思うの」

万造は小上《こあ》がりに腰を下ろした。

「お満さんも、聖庵堂に来て変わったんだろうな」

お満もその隣に腰を下ろした。

「そうよ」

「江戸でも指折りの大店《おおだな》、木田屋《きだや》のお嬢様が、こんな汚《きたね》えところに住み込んで働いてるんだからよ」

お満は少し胸を張った。

「だって、やりがいがあるもん。聖庵堂での暮らしは大変よ。休みもないし、昼も夜もない。学ばなければならないことはたくさんあるし、悲しい場面にも立ち会わなければならない。自分の力のなさに情けなくなって、泣き叫ぶことだってある。でも、私は医者として成長していると思う。だから、私は頑張れる。だって、自分で選んだ道だもの」

万造には、お満がいつもより大きく見えた。

「聖庵先生は、本当に素晴らしい人よ。人の心の痛みを知っている人だから。口が悪いのが玉に瑕《きず》だけどね。私が悩んだり迷ったりすると、〝自分の信じた通りにやってみろ〟って背中を押してくれる。だから、私は自分のすることに重みを感じる。自分のすることに手が抜けない。聖庵先生にはよく叱られるけど、嫌な気持ちになったり、恨《うら》んだりしたことは一度もないわ。だって聖庵先生は、自分の都合や金儲《かねもう》けのためじゃなく、私のために叱ってくれてるんだもの。そんな聖庵先生の気持ちが私の心に響くから、叱られることが嬉しいくらい。その、佐久助さんていう人が奉公してたお店の番頭さんも、そんな人だったらよかったのにね。そうだったら、佐久助さんは仕事にやりがいを感じることができたはずだから」

万造は、うなだれた佐久助の姿を思い出した。

「まあ、お満さんみてえな跳《は》ねっ返りを扱えるのは、江戸広しといえども、聖庵先生くれえのもんだからな」

「そうかもしれないね」

「おっ、めずらしく突っかかってこねえな」

お満は万造の顔を見た。

「でも、私に勇気や生きがいを与えてくれるのは聖庵先生だけじゃないよ」

「まだ他にもいるのかよ。そんな強者《つわもの》が」

「万造さんだよ」

お満は少し下を向いた。

「仲違《なかたが》いをしていたおとっつぁんと、仲直りをさせてくれたのは万造さんだよ。私が病で死にかけたとき、お店から暇を出される覚悟で、筑波《つくば》まで走ってくれたのも万造さん。豪右衛門《ごうえもん》さんが、この世に思いを残すことなく旅立てたのも万造さんのおかげだもの。だから、万造さんが近くにいてくれれば、信じたことに向かって突き進むことができそうな気がするの。なんだか、万造さんに甘えっぱなしだね」

「おいおい、冗談じゃねえや。そんなに甘えられたら命がいくつあっても足りねえや」

大声で笑った万造だが、自分もお満と同じだ。どんな騒動が起きようが、おけら長屋に持ち帰ればなんとかなる。いや、なんとかしてくれると思っているからだ。

「佐久助はどうすりゃいいんだろうな、自信を持たせるっていってもよ」

お満はしばらく考えてから――。

「佐久助さんに何かやりたいことはないのかなあ。得意なことでもいい。自慢できることでもいい。何かないのかしら」

「お店者なんてえのは潰しが利《き》かねえからなあ」

「例えば、手先が器用だとかさ」

「そういえば、切れた下駄の鼻緒を直してやったのが、お菜美ちゃんとの馴《な》れ初《そ》めだとかほざいてやがったな」

「下駄の鼻緒かあ……」

「まあ、出会いがよくなかったのかもしれねえな。鼻緒の切れ目が縁の切れ目ってよ」

万造は笑った。

その五日後――。

佐久助は浅草《あさくさ》の三間町《さんげんちょう》にある三増屋《みますや》という小さな下駄屋にいた。主《あるじ》の安兵衛《やすべえ》は佐久助の手元を眺《なが》めて舌を巻いた。

「お前さんは、呑み込みが早いなあ」

そんな言葉は耳に入らないようで、佐久助は一心に下駄の鼻緒を挿《す》げている。


万造が聖庵堂に徳兵衛の薬を取りに行き、お満と話した翌日、ひょっこり聖庵堂にやってきたのは、お染とお糸だ。

「お糸ちゃんとお菅さんのところに来たんだよ。せっかくだから、お満さんの顔を見ていこうと思ってさ」

お満は、自分がおけら長屋の一員になれたような気がして嬉しかった。

「お菅さんは何か言ってましたか」

「何も心配することはないってさ」

お満はひと安心すると、あの話をしたくて堪《たま》らなくなる。

「万造さんから、お菜美さんのことを聞きました」

お染とお糸は驚いたように顔を見合わせたが、すぐに微笑み合った。

「へえ～。そうなのかい。万造さんと会ってるんだ～」

お満は赤面する。

「ち、違いますよ。昨日、徳兵衛さんの薬を取りに来ただけですよ」

「そんなに慌てなくてもいいじゃないか。ねえ、お糸ちゃん」

お糸は笑いを堪《こら》えた。

「お菜美ちゃんは話したよ、両親《ふたおや》に本当のことを。権三郎さんとお清さんは何も言わずに頷いてくれた。馬鹿だねえ。はじめから話せばいいものを。お糸ちゃんに辛く当たったことだって後悔してるんだよ」

お糸は微笑んだ。

「そんなことはわかってますから」

「お糸さんは、あれからお菜美さんと会ったんですか」

「ううん。お菜美ちゃんだってばつが悪いだろうから。お産が終わって、落ち着いてからにしようと思います」

お満には気になっていることがある。

「お菜美さんと両親には話したんですか、佐久助さんのこと……」

お染は首を横に振った。

「自分からお菜美ちゃんのところに戻ってくる気がないなら、話をしても仕方がないだろ。お菜美ちゃんが産気《さんけ》づくまでには、なんとかしたいねえ。今、万松の二人と島田の旦那が考えてるんだけど……」

「やっぱり、下駄の鼻緒を挿げるようなわけにはいかないんですね」

「なんだい、そりゃ」

「いや……、お菜美さんの下駄の鼻緒が切れて、通りがかった佐久助さんが直してあげたのが、二人の馴れ初めだって聞いたもんだから」

「へえ〜。絵に描いたような出会いじゃないか。いいねえ、若いって。確か、お糸ちゃんと文七さんは浅草の奥山《おくやま》で出合頭《であいがしら》にぶつかってさ……」

お糸が何か考え込んでいる。

「どうしたのさ、お糸ちゃん」

「えっ、ええ。下駄といえば、浅草の三間町に文七さんの知り合いの下駄屋さんがあるなあと思って。ご夫婦二人の小さなお店だけど、とっても感じのいい人たちで……」

お染の目が輝いた。

「本当かい。それは面白いねえ。今回は下駄が鍵《かぎ》ってことになるかもしれないよ。さっそく、万松の二人に話してみようじゃないか」

お満は首を捻る。

「ど、どういうことですか」

お染は笑う。

「どうもこうもないさ。打つ手がないっていうなら、勢いや流れでやってみるしかないだろう。こうしちゃいられない。お糸ちゃん、行くよ」

お満は茫然《ぼうぜん》と二人を見送った。


こうなると、仕事が早いのがおけら長屋の真骨頂《しんこっちょう》だ。理屈や道理や、相手の立場や気持ちなどはお構いなし。お染から話を聞いた万松の二人は、佐久助が居《い》候《そうろう》をしている平永町の勧進長屋へと走る。家の中になだれ込んできた万造と松吉におののく佐久助。

「な、なんですか……」

「おう。佐久助。すぐに荷物をまとめろ」

「だ、だから何なんですか」

「何ですかって、下駄の鼻緒を挿げるに決まってるじゃねえか」

「下駄の鼻緒……。なんですか、それは……」

「四《し》の五《ご》の抜かすんじゃねえ。もう、三増屋に話はつけてあるんでえ」

「三増屋って……。私は知りませんよ」

「あたり前《めえ》だ。知ってたらこっちがびっくりすらあ。いいから早く支度《したく》をしやがれ」

わけもわからぬままに、浅草三間町の下駄屋、三増屋に連れ込まれた佐久助はおどおどするだけだ。

「ご主人の安兵衛さんですかい。こいつが佐久助で。それじゃ、よろしく頼んだぜ」

安兵衛は慌てる。

「ちょっと待ってください。文七さんとお糸さんが来て、知り合いがここで鼻緒を挿げたいと……」

「ああ。だから、その知り合いがこの野郎なんで。なーに、深く考《かんげ》えるような話じゃねえんで。鼻緒を挿げさせてやって、飯《めし》でも食わしてくれりゃいいんで。使い物《もん》にならなきゃ、叩き出しちまって構わねえからよ」
「そんなことを言われましても」
「それじゃ、あばよ」

不思議なことはあるもので、佐久助は、安兵衛から教えられた仕事をあっという間に習得した。生まれつき手先が器用だったのか、鼻緒を挿げる微妙な加減を悟る能力も持ち合わせていた。何よりも、客の一人一人の好みを聞いて、丁寧《ていねい》に取り組む三増屋の仕事が、性《しょう》に合ったらしい。飯を食べることを忘れるほど、仕事に打ち込んだ。

四

お菜美、権三郎、お清の三人が座る座敷には、張り詰めた気配が漂《ただよ》っている。これから佐久助が来るというのだ。

昨夜、おけら長屋のお染がやってきて、そのことを告げた。お染を行かせたのは松吉の案だ。

「いきなり佐久助が行こうもんなら、権三郎さんが殴りかかるに決まってらあ。ここで話が振り出しに戻っちまったら元も子もねえ。だから、お染さんに下地を作っておいてもらいてえのよ」

「あたしがかい……」

「世間の噂じゃ、権三郎さんは密《ひそ》かに思いを寄せてるって話だぜ」

「思いを寄せる……って、だれにさ」

「お染さんに決まってるじゃねえか」

お染は酒を呑み干した。

「嬉しいねえ。そうまで言われたんじゃ、ひと肌脱《ぬ》がないわけにはいかないね。あたしに任せてもらおうじゃないか」

お染は金閣長屋に出向き、佐久助のことを包み隠さず話した。そして、とにかく佐久助の話を最後まで聞くように諭《さと》した。

お菜美、権三郎、お清の前に座った佐久助の表情《かお》は硬いが、凛《りん》としている。お菜美はその様子に驚いた。畳《たたみ》に額を擦《こす》りつけ、詫《わ》び言なのか、泣き言なのかわからない言葉を繰り返すと思っていたからだ。権三郎は低い声で言った。

「まずは、お前さんの話を聞こう。そういう約束だからな」

佐久助は三人と目を合わせてから、深々と頭を下げた。

「まずはじめに、謝らなければなりません。申し訳ありませんでした」

佐久助は顔を上げる。

「お菜美ちゃん。すまなかった。心細い思いをさせてしまったね。本当にすまなかった」

佐久助はもう一度、頭を下げた。

「私は弱い男です。いや、弱い男でした。お店での仕事がうまくいかず、毎日のようにねちねちと番頭さんに苛《いじ》められ、すっかり気鬱になってしまいました。身体は震え、食べ物は喉《のど》を通らなくなり、お店に向かう足は動きません。お菜美ちゃんは身籠もり、しっかりしなくてはならないと思うのですが、かえって不安は大きくなるばかりです。こんな私には、とても女房子供を養っていくことはできないと……。怖かった。怖くて仕方なかった。そんな私にできることは、逃げ出すことだけだったんです」

お菜美は佐久助の顔を見つめている。

「死のうと思ったんです。その前に、ひと目、お菜美ちゃんに会いたいと思いました。この長屋の前まで来ましたが、考えてみれば、お菜美ちゃんに合わす顔などあるはずがありません。どうしようかと思い悩んでいるときに、おけら長屋の島田さんに捕まり、いや、声をかけられました。そして、すぐに見破られました。お菜美ちゃんのお腹の子の父親はお前だろうと。おけら長屋の人たちは親身になって、私の話を聞いてくれました」

お菜美、権三郎、お清の三人は静かに佐久助の話を聞いている。

「お菜美ちゃんとの馴れ初めの話をしたんです。日本橋の近くで、鼻緒が切れて困っていたお菜美ちゃんの下駄を直してあげたと……。私は今、浅草三間町にある三増屋という下駄屋で働いています。おけら長屋の人たちから話を聞いた、左官の文七さんとお糸さんが、三増屋に私を手引きしてくれたんです。おけら長屋の人たちは、きっと……、お菜美ちゃんとはじめて会ったときの気持ちを思い出せと言いたかったのかもしれません」

お菜美の表情《かお》が変わった。

「お糸ちゃんが……」

「お糸さんは三増屋の旦那にこう言ったそうです。〝お願いします。お菜美ちゃんのために、佐久助さんをここで働かせてあげてください。切れかけた鼻緒を元通りにさせてあげてください〟と……」

お菜美の目には涙が溢れてきた。

「お糸ちゃん……」

部屋の中には、お菜美のすすり泣く声が心地よく流れた。

「下駄屋の仕事は私の性に合っているようでした。何かにとり憑《つ》かれたように鼻緒を挿げてはやり直し、挿げてはやり直しました。こんな気持ちで仕事をしたことはありません。私に向いている仕事なのです。私がはじめて鼻緒を挿げた下駄を買ってくれたお客さんが、翌日やってきて……」

《こんな履き心地のいい下駄に出合ったこたあねえ。これはおれの気持ちでえ。とっといてくんな》

「そう言って祝儀《しゅうぎ》をくれたんです。嬉しかったです。嬉しくて涙がとまりませんでした。これが仕事をする喜びなのか。これが〝やりがい〟というものなのかと……」

佐久助は涙を拭った。

「三増屋には跡取りがいません。旦那の安兵衛さんとおかみさんが二人で切り盛りする小さな下駄屋です。旦那はもう歳なので、二、三年の内に店じまいしようと考えていたそうです。ですが、少ないながら贔屓《ひいき》にしてくださるお客様もいます。先日、旦那に勿体《もったい》ない話をいただきました」

《佐久助。お前さん、この店を引き継ぐつもりはあるかい。お前さんなら、あと二年もすればどこに出しても恥ずかしくない腕になるだろう。そうなれば、贔屓にしてくださるお客様たちにも不義理をせずに済む》

《そんな……。私はまだここにお世話になって半月もたっておりません》

《下駄の鼻緒を挿げるお前さんの背中を眺めていたら、間違いないと思ったんだ

よ。それとも私の目は節穴《ふしあな》だっていうのかい》

「島田さんに言われました。〝今、お前さんを金閣長屋に引きずっていったところで何も変わらん。お前さんが変わらなければ〟と。私は変わりました。ですから、引きずられるのではなく、自《みずか》らの気持ちでここにやってきました」

佐久助は背筋を伸ばした。

「お菜美ちゃん、私の女房に、下駄屋の女房になってくれるかい。私はやっとわかったんだ。下駄というものは片方では役に立たない、人だって同じなんだってことが……」

佐久助は権三郎に頭を下げる。

「お菜美ちゃんと所帯を持たせてください。お願いします」

権三郎はしばらく黙っていたが――。

「おめえさんの話はよくわかった。おれも安兵衛さんの見る目を信じようじゃねえか。お菜美。おめえはどうするんでえ」

お菜美は泣き崩れた。

「そういうことらしいや。お菜美のことはよろしく頼んだぜ」

お菜美は泣き崩れたままだ。

「うっ、うっ、ううう……」

権三郎は鼻を啜りながら――。

「お菜美、いつまで泣いていやがるんでえ。まったく、女ってえのはしょうがねえなあ」

「うっ、うっ、うっ……」

お清が、お菜美の肩を抱く。

「お、お菜美。お前、さ、産気づいたんじゃ……」

権三郎は手をひとつポンと叩いた。

「酒をつけるとは気が利くじゃねえか。熱いのにしてくれや」

「酒をつけるじゃないよ。産気づいたんだよ。この早とちりが～」

「な、なんだと～」

お菅が呼ばれ、お菜美はその翌朝、女の子を産んだ。

お菜美は、お糸の顔を見ると涙を流した。

「お菜美ちゃん、頑張ったね」

お菜美の横には赤子《あかご》が寝ている。

「かわいい……。口を一生懸命に動かしてる。おっぱいがほしいのかなあ」

お菜美はお糸の目を見つめた。

「お糸ちゃん、ごめん。ごめんね……。あんなひどいこと言っちゃって」

お糸は優しく微笑む。

「わかってるよ。お菜美ちゃんの本心じゃないってことくらい」

「羨《うらや》ましかったんだ、お糸ちゃんのことが。強がってはいたけど、どうすればいいのかわからなかった。佐久助さんはもう戻ってこないかもしれないし、不安で、惨めで、悲しくて……」

「だから、もうそんなことは言わないで。佐久助さんはちゃんと帰ってきたんだから」

「お糸ちゃんが、三増屋さんに取り次いでくれたんだってね」

お糸は小さく首を振った。

「私は三増屋さんていう下駄屋を知ってると言っただけ。佐久助さんを立ち直らせてくれたのは、おけら長屋の人たちだよ」

「佐久助さんが言ってた。おけら長屋の人たちに出会ってなかったら、今はもう、この世にいなかったかもしれないって」

「そんな大袈裟《おおげさ》な……。でも、すごい人たちだよ。お菜美ちゃんと佐久助さんの馴れ初めが下駄の鼻緒だって聞いて、無理矢理そこに結びつけちゃうんだから。私なんか何にもしてないよ」

お菜美は真顔になった。

「嘘《うそ》。〝お菜美ちゃんのために、佐久助さんをここで働かせてあげてください。切れかけた鼻緒を、元通りにさせてあげてください〟っていうのは、だれの台詞《せりふ》だっけ」

お糸はとぼけ顔で——。

「さあ、だれがそんなことを言ったのかしらねえ」

お菜美は涙を拭った。

「ありがとう、お糸ちゃん。鼻緒は切れなかったよ」

お菜美は赤子に目をやる。

「今度は、お糸ちゃんの番だね」

お糸はお腹を摩って頷いた。

本所おけら長屋（十四）　その四

おみくじ

一

酒場三祐《さんゆう》の座敷で酒を呑《の》みながら手元の紙を見つめているのは、左官《さかん》の八五郎《はちごろう》だ。

「〝襷《たすき》に短し、帯に長し〟ってえのは、このことでえ……」

八五郎の独《ひと》り言《ごと》を聞きながら、前に座ったのは万造《まんぞう》と松吉《まつきち》だ。

「それを言うなら〝帯に短し、襷に長し〟じゃねえのかよ」

「まあ、いいじゃねえか。言いてえことは通じるんだからよ」

八五郎は手元の紙を懐《ふところ》にしまった。

「な、なんでえ。おめえたちか。びっくりさせやがる」

万造がそんな仕種《しぐさ》を見逃《みのが》すわけがない。

「何を隠しやがったんでえ。紙みてえだったな、松ちゃん」

「ま、まさか、富《とみ》くじに当たったたんじゃねえだろうな。十両か、百両……。は、早く見せやがれ」

八五郎は懐から紙を取り出した。

「富くじは、かすりもしねえや。ふざけやがって」

八五郎はその紙に目を落とした。

「まあ、よくよく考《かんげ》えてみりゃ、隠すようなもんでもねえからな。生まれてくるガキの名前《なめえ》を考えてたのよ」

松吉は、店のお栄《えい》が投げた猪口《ちょこ》を二つ受け取って、徳利《とくり》から酒を注《つ》いだ。

「お、おい。それは、おれの酒じゃねえか」

「これから、孫が生まれようってのに、細《こま》けえことを言うんじゃねえよ。熱い徳利を二本頼んであらあ、心配《しんぺえ》するねえ」

万造は松吉が注いだ酒を横から奪うようにして呑んだ。

「しかし、お糸《いと》ちゃんもどうかしてるぜ。よりによって八五郎さんに名前をつけてくれとはよ。犬や猫の名前とは違うんだぜ」

お栄が徳利を運んできたので、松吉が八五郎に酒を注ぐ。

「それで、どんな名前を考《かんげ》えたんでえ」

「まだ、男の名前しか考えてねえんだが……」

八五郎は紙に目をやった。

「秀吉《ひでよし》ってえのはどうだ」

万松《まんまつ》の二人は一度、目を合わせてから同時に笑う。

「わははは。馬鹿《ばか》も休み休み言いやがれ。町人の子にそんな名前をつけたらお手打ちにならあ」

「あははは。太閤殿下《たいこうでんか》じゃねえんだぞ。左官の子が秀吉だってよ。笑わせやがらあ」

八五郎は真顔で――。

「何がおかしいんでえ。いいじゃねえか。左官の子だって出世するかもしれねえだろ。太閤さんだって元は百姓の出で足軽《あしがる》じゃねえか」

万松の二人は一度、目を合わせてから同時に笑う。

八五郎は猪口を叩《たた》きつける。

「う、うるせえ」

万造はその猪口に酒を注いだ。

「まあまあ。そう怒るこたあねえだろう、めでてえ話なんだからよ」

「そうだぜ。おれたちも考《かんげ》えてやろうじゃねえか」

八五郎は猪口の酒を呑み干した。

「冗談《じょうだん》じゃねえ。お糸にも言われてるんでえ。万松の二人に関《かか》わらせちゃいけねえってよ。ろくな子に育ちゃしねえや」

今度は松吉がその猪口に酒を注ぐ。

「八五郎さんの子だったら、ミケでもタマでもいいけどよ。お糸ちゃんと文七《ぶんしち》さんの子ってことになりゃ、真面目《まじめ》に考えるぜ。〝きゅうたろう〟ってえのはどうでえ」

「きゅうたろう……」

「ああ。数字の〝九〟って字を書いて、九太郎でえ。ちゃんと理由《わけ》はあるんだぜ」

「どんな理由でえ」

松吉は軽く咳払《せきばら》いをしてから――。

「父親《てておや》の名前《なめえ》が文七。祖父《じい》さんの名前が八五郎だ。〝七〟と〝八〟がついてるだろう。とくりゃ、〝九〟しかねえだろう。これは数合わせや洒落《しゃれ》じゃねえぜ。父親や祖父さんを超える男になってもらいてえって願いが込められてるのよ。本当なら、もう一人の祖父さんの文蔵《ぶんぞう》親方の文か蔵も入れてえところだが、文九《ぶんきゅう》じゃどうも語呂が悪《わり》いし、九蔵《きゅうぞう》じゃあ、誰かさんと同じで意気地《いくじ》なしになっちまわあ」

「うめえことを考《かんげ》えやがったなあ。〝じちけん〟〝おいちょ〟とくりゃ、つぎは九の〝かぶ〟ってことにならあ」

八五郎は酒を噴《ふ》き出す。

「そりゃ〝おいちょかぶ〟じゃねえか。九太郎か……。悪い名前じゃねえな。文七やおれを超える男になってもらいてえし、洒落も利《き》いてらあ。だがよ……」

「だが、なんでえ」

「九太郎……。間抜けな丁稚《でっち》みてえで重みがねえ。もっと、どっしりするような名前《なめえ》はねえのかよ」

万造は面倒臭《めんどうくさ》そうに酒を呑む。

「重そうな名前《なめえ》ねえ……。なら、墓石太《はかいした》とか、米俵助《こめだわらすけ》とかはどうでえ」

「その重みじゃねえや。大きくて、度量がある、そんな名前よ」

万松の二人は考え込む。そこにやってきたのは、お栄だ。

「あたしは、女の子だと思うなあ」

「どうしてでえ」

松吉が尋ねる。

「だって、お糸さん、優しい表情《かお》をしてたもん。私にはわかるの。女の子よ」

万松の二人は俯《うつむ》く。

「ど、どうしたのよ」

万造は目頭《めがしら》をおさえる。

「かわいそうになあ。考《かんげ》えてもみねえ。女の子で八五郎さんや、お里《さと》さんに似てたらどうするんでえ」

松吉は鼻を啜《すす》る。

「不憫《ふびん》だなあ。おけい婆《ばあ》さんも言ってたぜ。女の子は母方の祖父さんに似るってよ」

お栄は両手で顔を覆《おお》う。

「そ、そんなあ……。ひどい、ひどすぎるよ……」

八五郎は苦笑《にがわら》いを浮かべながら——。

「ありがとうよ。そんなことを言ってくれるのは、お栄ちゃんだけでえ」

お栄は顔を上げる。

「い、いや、あたしは、そんないかつい顔になったら、かわいそうだなと思って……」

八五郎は猪口を叩きつける。

「ちょっと、八五郎さん。やめてよね。うちの猪口が割れたらどうすんのよ」

「す、すまねえ」

「女の子だったら、あたしもちょっと考えがあるのよ」

松吉が手をひとつ叩いた。

「よっ。お栄ちゃんの考《かんげ》えた名前《なめえ》を聞こうじゃねえか」

お栄は頷《うなず》いた。

「母親の名前が、お糸。お祖母《ばあ》さんの名前が、お里。この二人の名前に通じてることは何よ」

八五郎、万造、松吉は考え込む。

「わからないようね。二人とも名前の終わりが〝と〟でしょう」

八五郎は「お里……、お糸……」と呟《つぶや》いた。

「な、なるほどなあ」

「だから、女の子だったら〝と〟で終わる名前にすれば、女三代が揃《そろ》うじゃないの」

万造は感心する。

「それは道理でえ。それで、どんな名前《なめえ》なんだ」

お栄は口籠《くちご》もる。

「あ、あたしがそこまでは考えたんだから、ここから先は万松の仕事でしょ。さあ、考えてよね」

「〝と〟で終わる名前ねえ……」

しばらく考えていた万松の二人だが、口火を切ったのは万造だ。

「はと。おはとってえのはどうでえ」

「浅草寺《せんそうじ》の境内《けいだい》じゃないのよ」

続いて松吉が――。

「とと。おととってえのはどうでえ」

「魚屋じゃないのよ」

八五郎は外方《そっぽ》を向いて酒を呑み干した。


お染《そめ》の家にやってきたのは、お咲《さき》とお奈津《なつ》だ。

「今、お奈っちゃんと金閣《きんかく》長屋に行ってきたんだよ」

「赤ん坊の顔を見てきたのかい」

お奈津は、お咲の顔を睨《にら》んで頬《ほお》を膨《ふく》らませた。

「お咲さんは自分ばっかりお令《れい》ちゃんを抱いて、あたしには抱かせてくれないんですよ」

お糸の幼馴染《おさななじ》み、お菜美《なみ》が産んだ女の子は、お令と名づけられた。

「そりゃ、大変だねえ。昨日は、八五郎さんに抱かれたお令ちゃんが、引きつけを起こしたって話じゃないか」

お咲は大声で笑う。

「そんな大袈裟《おおげさ》な。顔が怖くて泣いただけだろう」

今度は三人が同時に笑った。

「でも、よかったねえ。丸く収まってさ。権三郎《ごんざぶろう》さんなんか、目の中に入れても痛くないってやつだろう。表情《かお》がほころびっぱなしだよ」

お咲は湯飲み茶碗を両手で包むように持ちながら――。

「お清《きよ》さんは本当に感謝してたよ。おけら長屋のおかげだって。あたしたちは何にもしてないんだけどね」

「お菜美ちゃんは、いつまで金閣長屋にいるんだい」

お咲は湯飲み茶碗を置いた。

「さあ。しばらくはいるんじゃないのかねえ。それが心配をかけた両親《ふたおや》に対する償《つぐな》いなんだろう。佐久助《さくすけ》さんも毎日のように顔を出してるみたいだし、もう、こっちが気にかけることは何もないさ」

お染の表情が変わった。

「そりゃそうと、手ごろな生地《きじ》は見つかったかい」

お咲は自分の額《ひたい》を叩《はた》いた。

「そうそう。本題を忘れてたよ。お奈っちゃんと、柳原土手《やなぎはらどて》の端切《はぎ》れ屋に行って、あたりはつけてきたよ。だけどさあ、男か女かで色が違っちゃうだろう」

おけら長屋の女たちは、お糸に子供が生まれたら、御包《おくる》みを贈ろうとしている。

「そうなんですよ。女の子だったら、やっぱり赤。男の子だったら青にしたいじゃないですか。お染さん、もう、綿は用意したんですか」

「もちろんだよ。そこの風呂敷包《ふろしきづつ》みの中に入ってるよ。でも、困ったねえ。生まれちまってからじゃ、間に合わないからね。男でも女でもいい色っていうのはないのかい」

「紫なら安いのがありましたけど……」

「紫色かい。いいじゃないか」

「でも……」

「でも、どうしたんだい」

「古着屋さんの端切れなんで、元は大きな風呂敷だったのか、ちょいと柄《がら》が入ってたねえ」

お染は不安げだ。

「赤ん坊の御包みにしても、おかしくない柄なのかい」

「丸に〝質〟って書いてあるんだけど」

「し、質屋の風呂敷かい。冗談じゃないよ。女の子だったら借金の形にとられて質草にされちまうってことじゃないか」

「質屋だけに、男の出入りが激しいなんて……」

「うまいですねえ。最後には流されちゃったりして……」

「洒落を言ってる場合じゃないよ。早く生地を決めないと間に合わなくなるよ。明日は、あたしも一緒に行くからね」

お染は冷《さ》めた茶を飲み干した。

徳兵衛《とくべえ》の家で世間話に興じているのは、徳兵衛と島田鉄斎《しまだてっさい》だ。徳兵衛はときおり咳《せ》き込む。

「お加減はいかがですか」

「歳《とし》をとると、なかなか風邪《かぜ》が抜けません。ですが、もう大丈夫です。聖庵《せいあん》先生からもお墨付きをいただいてます。感染《うつ》ることはありませんから、ご安心を」

徳兵衛は軽く咳払いをしてから――。

「島田さん。なんとなく長屋の連中が浮き足立ってるとは思いませんか」

「お糸ちゃんのことでしょうか」

徳兵衛は頷いた。

「私だって嬉《うれ》しいですし、わくわくしますよ。でもね、子供を産むというのはお祭りとは違います、女にとっては命がけの仕事です。まわりの者たちは静かに見守ってあげるべきではないでしょうか。万松の二人はいつものことですが、お染さんたちは御包みをこさえると張り切っています。相模屋《さがみや》の隠居《いんきょ》も何かを誂《あつら》えるとか。辰次《たつじ》と久蔵《きゅうぞう》は、お産にご利益《りやく》のある神社仏閣はどこかと、私に尋ねてきました。よいことです。よいことなのですが、私には、みんなが浮かれ過ぎているように見えてしまいましてね」

鉄斎は静かに茶を飲んだ。

「おっしゃる通りだと思いますが、みんなの気持ちもわかります。みんな、お糸ちゃんのことは娘や妹のように思っていますから」

「私は、そうやって浮かれて、浮き足立っているときに、足をすくわれることが起きるのではないかと心配してるんです。ただ、みんなで祝おうという気持ちに水を差すこともできません。ですから、島田さん。いつものことですが、長屋の連中のことに気を配ってやっちゃもらえないでしょうか。よろしくお願いします。私の取り越し苦労ならよいのですが……」

鉄斎は何も答えずに湯飲み茶碗を置いた。

魚屋の辰次、呉服問屋《ごふくどんや》の手代《てだい》、久蔵、八百屋《やおや》の金太《きんた》は横山町《よこやまちょう》にある犬山《いぬやま》神社の鳥居《とりい》を潜《くぐ》った。犬山神社が安産祈願でご利益があると聞いたからだ。もちろん、お糸のためである。

昨日、辰次が久蔵と金太に声をかけたのだ。

「万造さんや松吉さんはともかくとして、お染さんたちは御包みを贈るそうでえ。相模屋の隠居は着物を誂えるらしい。おれたちも何かしねえと格好《かっこう》がつかねえ」

　久蔵は大きく頷く。

「そりゃ、そうでしょう」

「だがよ。分相応ってこともあらあ。他の人たちに嫌味《いやみ》にならねえものだ。心が籠《こ》もってればいいんだからよ」

「それで、何か考えたのかい」

「ああ。安産祈願で名高いのが、横山町にある犬山神社だそうでえ。そこで御《お》守《まもり》を買って、お糸ちゃんに渡すってのはどうでえ」

　久蔵の表情《かお》は明るくなる。

「御守かあ……。なるほどねえ。邪魔になるもんじゃないし、気が利いてますよ。ねえ、金太さん」

　金太も嬉しそうだ。

「いいなあ。大盛りのおまんまか……。おいら、大盛りのおまんまが食いてえ」

「大盛り、じゃなくて、お・ま・も・りですよ」

　辰次は金太を見て微笑《ほほえ》む。

「おれと金太さんの仕事は昼までには終わらあ。久ちゃんの都合のいい日に犬山神社に行こうじゃねえか」

久蔵はしばらく考えてから――。

「うん。明日なら昼すぎから大丈夫だ。帰ったら声をかけるから」

そして、三人は翌日の午後、連れ立って犬山神社へと向かった。

三人は賽銭箱《さいせんばこ》の前で手を合わせて、お糸の安産を祈願した。そして、赤い御守を買った。金太はその御守を不思議そうに眺《なが》める。

「な、何だこれは。大盛りのおまんまを食うんじゃねえのか」

久蔵はその御守を金太の手に握らせた。

「お糸ちゃんに赤ちゃんが生まれるんですよ。だから、無事に赤ちゃんが生まれるようにって、この御守を渡すんです」

「この、おまんまを食べると赤ちゃんが生まれるのか」

金太が御守を齧《かじ》ろうとしたので、辰次が取り上げた。

「ねえ、辰ちゃん。お糸ちゃんの代わりに、おみくじを引いてあげようよ」

辰次は戸惑う。

「久ちゃんよ。大吉が出ればいいが、もし、大凶でも出ようもんなら嫌《いや》な気持ちになるじゃねえか」

「こんなとき、万松の二人ならどうするんだろうな」

辰次は少し考えてから――。

「おみくじを買って、中を調べるだろうな。それで大吉なのをあらためてから、御守と一緒にお糸ちゃんに渡す。〝お糸ちゃんの代わりに、おみくじを引いてきてやったぜえ〟とか言って……」

少しの間《ま》をおいて、二人は同時に叫んだ。

「そ、それだ～」

辰次と久蔵の二人はおみくじを引いて、丁寧《ていねい》に広げる。

「そらみたことか。大凶だぜ。洒落にならねえや」

久蔵もおみくじを広げる。

「小吉だよ。こんなときに万松の二人ならどうするんだろうね」

辰次は少し考えてから――。

「そこの木の枝に結んであるおみくじから大吉を探して、もう一度きれいに畳《たた》んで、この紙に包むんだろうな」

少しの間をおいて、二人は同時に叫んだ。

「そ、それだ〜」

辰次と久蔵は、枝に結ばれているまだ新しいおみくじを解《ほど》く。

「くそっ。凶でえ」

「こっちは、中吉だよ」

二人が放り捨てたおみくじを、金太が拾う。

「金太さん。食べちゃいけませんよ」

「あ、あったぜ。大吉でえ。出産も安産って書いてあらあ。紙も新しいから、きれいに畳んで包めばわからねえだろう」

辰次がおみくじを畳むと、金太も真似《まね》をして拾ったおみくじを畳む。金太にも思いは通じているのだろう。

辰次と久蔵は、そんな金太を温かい眼差《まなざ》しで眺めていた。

二

文七とお糸は、小梅代地町《こうめだいちまち》にある八軒《はつけん》長屋で暮らしている。仕事から戻った文七が引き戸を開けると、奥の座敷にうっすらと人影が見える。

「お、お糸……。どうしたんでえ。もうすっかり暗くなったってえのに行灯《あんどん》に灯《ひ》も入れねえで」

お糸は、ようやく文七に気づいた。

「あっ、お前さん。おかえり……」

文七は座敷に上がると、行灯に灯を入れた。

「お、お前さん。足……。その足はどうしたの……」

文七は右足を摩《さす》った。

「ああ、これか。普請場《ふしんば》でな、道具を担《かつ》いで歩いてたら地べたに穴があいていやがってよ、そこで挫《くじ》いちまった。道具箱で下が見えなかったんでえ。どうってこたあねえ。歩くのにも支障はねえしよ」

お糸の顔は青ざめたように見えた。

「お、お前さん。普請場っていうのはどこだっけ」

「寺島村《てらじまむら》の庄屋《しょうや》様のお屋敷だ」

お糸は文七の言葉を繰り返す。

「寺島村の庄屋様……。寺島村っていったら、ここからは北東にあたる、よね……」

「お糸。どうかしたのか」

お糸は微笑んだが、その笑顔は無理に作ったように見えた。

「何でもないの。ちょっと、考えごとをしてただけ。もう、湯屋《ゆや》には行ってきたみたいだね。それじゃ、ご飯にするから。もう用意はできてるの」

お糸はお腹《なか》を抱《かか》えるようにして立ち上がった。

今日あった出来事を文七が語るのが、晩飯時《ばんめしどき》の決まりだ。

「長次《ちょうじ》もだいぶ腕を上げてきたぜ。棟梁《とうりょう》に褒《ほ》められてたからよ。だが、あの野郎はすぐに調子に乗っちまうからなあ。この前《めえ》もよ……」

「ねえ。お前さん」

お糸は文七の話を遮《さえぎ》った。

「いきなり、どうしたんでえ」

お糸は箸《はし》を置いた。

「私、元気な子が産めるかな……。ちゃんとした母親になれるのかな……」

文七も箸を置いた。

「お糸。おめえ、なんだか様子がおかしいぜ。おれの話だって上《うわ》の空《そら》で聞いてたみてえだしよ。具合《ぐあい》でも悪《わり》いのか」

お糸は俯いた。

「なんだか自信がなくなってきちゃった。おけら長屋に行ったら、みんなが大喜びで、まるで正月かお盆でも来るみたい。私、みんなの期待に応《こた》えられるのかなあ」

文七は笑った。笑うしかないと思ったからだ。

「わははは。おめえは今、そういう時期なんでえ。だれだってあるじゃねえか。ちょいと気が重くなったり、滅入《めい》ったりすることがよ。はじめて赤ん坊を産もうってんだから、そんな気分にもならあ。心配《しんぺえ》するねえ」

お糸は俯いたままだ。

「おけら長屋の人たちには、しばらく静かにしていてほしいところだが、おめえが一番よく知ってるじゃねえか。あの人たちの気質をよ。何をやらかそうが悪気のねえ人たちだ」

お糸は顔を上げた。

「そんなことはわかってる。でもどうしようもないの。一昨日《おとつい》も能天気《のうてんき》に子供の名前を考えているおとっつぁんを見てたら、なんだか妙に癪《しゃく》に障《さわ》ってね。名前を考えてほしいって頼んだのは私なのに……」

お糸は涙を流した。お糸は大切なときだ。文七は、お糸を傷つけない言葉を探した。

「大丈夫《でえじょうぶ》だ、お糸。忘れてもらっちゃ困るぜ。おめえには、この文七がついてるんだからよ。おれは何があろうと、おめえを守ってみせらあ」

お糸は涙を拭《ぬぐ》った。

「そうよね。私にはお前さんがついてるんだものね。ごめんなさい、心配かけて。こんなものは気にしないから」

そう言って、お糸は小さな紙を握り潰《つぶ》した。

翌日、文七は仕事を早く切り上げて、おけら長屋のお染を訪ねた。お糸の両《ふた》親《おや》、八五郎とお里に話すのが筋《すじ》だということは重々《じゅうじゅう》承知している。だが、八五郎とお里に話せば、ことが荒立つかもしれない。今のお糸の心はいつ崩れてしまうかわからない。やはりここは、お染の出番だ。

「文七さん。どうしたんです、その足は……」

「てえしたことはねえんで。ちょいと挫いただけですから」

座敷に上がった文七から、だいたいの話を聞いたお染は、顔を顰《しか》めた。

「そんなことになってたのかい……。あたしとしたことが、迂闊《うかつ》でした。もっと、お糸ちゃんの気持ちを考えるべきでしたよ」

文七は慌《あわ》てて打ち消す。

「と、とんでもねえ。おけら長屋のみなさんには、さんざっぱら世話になってるっていうのに」

「ちょいと、はしゃぎすぎちまったようですねえ。そう言われてみりゃ、なんとなくお糸ちゃんの気持ちもわかるってもんだ。みんなが浮かれてる中で、自分だけが取り残されちまったみたいになってね。女には不安になるときがあるんですよ。嫁にいく前とか、子供が産まれる前とかにね。喜びと不安がごっちゃになって、自分でもどうしていいのかわからなくなっちまうことが」

文七は右手で首筋を撫《な》でた。

「あっしは、がさつな男なもんで。女心ってえのがまるでわからねえ。お糸のことを一番知ってるのは、お染さんだと思うんでさあ。ですから、お染さんの耳には入れておこうと思いやして……」

「すまなかったねえ。あたしから長屋のみんなにも、それとなく言っておきますから」

文七は頭を下げた。

「申し訳ねえです……」

文七はしばらく黙っていた。お染は何かに気づいたようだ。

「文七さん。まだ話があるんじゃありませんか」

「い、いや、そんなことはねえです……」

　お染は微笑む。

「文七さん。ここに来た本当の理由《わけ》は、そっちの話なんでしょう」

　文七はしばらく黙っていたが――。

「三人には黙っててもらいてえんで。いいですかい」

「だれです、三人って……」

「いいですかい」

「わ、わかりましたよ。だから話しておくんなさいよ」

「昨日、おけら長屋の辰次さん、久蔵さん、金太さんが、お糸のところに来てくれやしてね。お糸に犬山神社の御守と、それから、お糸の代わりに引いたっていうおみくじ持ってきてくれたってんですよ。ありがてえ話で。嫁にいったお糸のことを気にかけてくれるんですから」

「へえー。そんなことがあったんですか」

　文七の歯切れはだんだん悪くなる。

「御守はよかったんですが、その、おみくじってのが……」

文七はお染に小さな紙包みを差し出した。

「大凶でして」

「何だって」

「お糸は、ただでさえ気が滅入っているところに、そんなもんを見ちまったんで、余計に落ち込んじまって……」

「そ、そりゃ、そうですよ」

「お染さん。思い違《ちげ》えしねえでくだせえよ。あっしは辰次さんたちに、どうこうって気はまったくねえですから。あの人たちに悪気はねえんです。そんなこたあ、わかってます。あっしが、このことをお染さんに話したのは、何かの折に、お糸に言ってやってほしいんです。おみくじなんてえもんは気休めで、マジで気にするもんじゃねえって」

お染は、おみくじを広げて読みだしたが、次第に顔つきが変わってくる。

「馬鹿だねえ。金太さんはともかく、何をやってんだい、辰次さんと久蔵さんは。おみくじなんて、大吉が出るって決まってるわけじゃないだろう。ちょいと考えればわかることじゃないか」

「間の悪いことに、あっしが普請場で地べたの穴につまずいて足を痛めちまいましてね。ほら、そこの〝商売《しょうべえ》〟ってとこに……」

お染はおみくじに目を落とす。

「〝商売〟北東に落とし穴あり……」

「普請場は寺島村で、八軒長屋からは北東にあたるもんで。お糸のやつは気にしちまって」

お染は、おみくじを読む。

「〝願望〟今は叶《かな》わず。〝待人《まちびと》〟来たらず……」

お染は声を落とした。

「〝出産〟難あり……」

お染は溜息《ためいき》をついた。

「他にも悪いことばかりじゃないか。まあ、大凶なんだから仕方ないけどさ。まったく、こんなおみくじをお糸ちゃんに渡すなんて……」

文七は苦笑いを浮かべる。

「ですから、あの三人に悪気はねえんで。お糸のためを思ってやってくれたことですから」

「わ、わかりました。このことは、あたしの胸にしまっておきます。お糸ちゃんには私から話しますから、今はそっとしておいてやってください」

お染は、そのおみくじを握り締めた。

だが、胸にしまっておけないのが、おけら長屋の住人なのだ。文七が帰った後に、井戸端《いどばた》で万造と出くわしたお染は、怒りのために文七との約束などはすっかり忘れている。

「万造さん。ちょいと頼まれてくれるかい。一刻《いっとき》（二時間）後に、辰次さん、久蔵さん、金太さんを三祐に呼び出してほしいんだよ」

「そりゃまた、どういうわけでえ」

お染はにっこりする。

「いいから、呼び出しておくれよ。頼んだよ」

万造はさっそく三人を集める。もちろん、万造から話を聞いた松吉も一緒にいる。

「お染さんは上機嫌《じょうきげん》だったぜえ。おめえたち三人、何をやったんでえ」

辰次と久蔵は顔を見合わせる。

「昨日、三人でお糸ちゃんに犬山神社の御守を届けたんでさあ」

「私たちも何かしたくて、辰ちゃんと考えて、金太さんも誘ったんです」

万造と松吉は叫んだ。

「それだ」

「お染さんにとっちゃ、お糸ちゃんは娘も同然だ。嬉しかったんだろうよ」

「金太を仲間に入れたってえのもお手柄《てがら》だ。おめえたちの優しさってことでえ」

「松ちゃん、お染さんが一席持ってくれるってんだから、おれたちもお相伴《しょうばん》にあずかろうじゃねえか」

「おお。もちのろんでえ。それじゃ、三祐に出発でえ」

五人が三祐の縄暖簾《なわのれん》を潜ると、奥の座敷にはお染が座っている。

「な、なんだい。万松の二人もついてきたのかい」

万造は作り笑いを浮かべる。

「いいじゃねえですかい。嬉しい酒なんてえのは、みんなで呑みてえでしょう。なあ、松ちゃん」

「ちゃんとわきめえてますから。主役はこの三人だってんでしょう。おう、お栄ちゃん。熱い酒を五《の》、六本つけてくれや」

酒はすぐに運ばれてきた。

「さあさあ、酒を注いで、注いで。それでは、本日の席主、お染さんからひと言頂戴《ちょうだい》いたしやしょう。それでは、お染さん。どうぞ」

お染は膝《ひざ》を正した。

「あたしも迂闊だったよ。今日の昼過ぎに文七さんが来てね、お糸ちゃんは落ち込んで元気がなくなっちまったそうだよ」

思いがけないお染の語り出しに、金太を除く四人の表情《かお》は硬くなる。

「お糸ちゃんは今、微妙な時期なんだよ。産み月を迎えて、心の中にたくさんの不安を抱えている。それなのに、あたしたちときたら、やれ、名前だ、御包みだって、はしゃいじまってさ。お糸ちゃんは、そんなあたしたちを見て、自分だけが取り残されていくような気持ちになっちまったんだねえ。もちろん、だれにも悪気はないさ。でも、もう少し、お糸ちゃんの気持ちを考えてあげるべきだった……」

お染は猪口を合わせることもせずに、酒を呑んだ。

「辰次さん、久蔵さん。あんたたちは犬山神社の御守を持っていったんだってね。そこまではいいさ」

ここで、お染は畳《たたみ》を手の平《ひら》で叩《たた》いた。

「どうして、おみくじなんか持っていったのさ。おみくじなんてものは自分で引かなきゃ意味がないだろう」

辰次と久蔵は、お染の剣幕《けんまく》に驚いた。

「だ、だから、お糸ちゃんを安心させてあげようと思って……。なあ、久ちゃん」

お染はもう一度、畳を叩いた。

「大凶のおみくじを渡して、お糸ちゃんが安心するわけがないだろう」

辰次と久蔵は絶句する。

「おみくじなんてものは、大吉だけじゃないんだよ。これから、はじめて子供を産もうって娘が、大凶の上に〝出産難あり〟なんておみくじを見せられたら、どんな気持ちになると思うんだい」

「そ、そんな馬鹿な……」

「あれは大吉だったのに……」

松吉が口を挟《はさ》んだ。

「どういうことでえ。話してみな」

辰次は久蔵の顔を見て——。

「久ちゃんが、お糸ちゃんにおみくじを買おうって言ったんで。大吉が出ればいいけど、大凶でも出た日にゃ洒落にならねえって。そしたら、久ちゃんが……」

「こんなとき、万松の二人だったらどうするかな……と。そしたら、辰ちゃんが……」

「中をあらためて、大吉を入れて渡すんだろうなあと……。ところが、何度おみくじを買っても大吉が出ねえんで。そしたら、久ちゃんが……」

「こんなとき、万松の二人だったらどうするかな……と。そしたら、辰ちゃんが……」

「木の枝に結んであるおみくじから、大吉を探して、もう一度きれいに畳んで、紙に包むんだろうなあと……」

お染は万松の二人を睨んだ。

「ということは、いけないのは万松の二人じゃないか」

万造と松吉はずっこける。

「ちょっと待ってくれよ。おれたちには関わりのねえ話じゃねえか」

「言いがかりはよしてくれ」

お染も引かない。

「あんたたちがそんなことばかりしてるから、この人たちが真似するんだよ」

松吉は話の矛先《ほこさき》を変える。

「なのに、どうして大凶が入《へえ》ってたんでえ」

辰次と久蔵は首を捻《ひね》る。久蔵が「あっ」と声をあげた。

「あのとき、風が吹いてきて、辰ちゃんが入れようとしていた大吉の紙が飛ばされたじゃないか。それを金太さんが拾ってくれた……」

「確か、金太さんは、おれたちが投げ捨てた大凶とか、小吉の紙を畳んでたよな。もしかして、そのとき……」

辰次と久蔵は金太を見つめた。金太は笑いながら懐に手を入れる。

「な、なんだかわからねえが、これか。いただきます」

金太は懐から取り出した紙を食べようとする。辰次は間一髪《かんいっぱつ》でその紙を奪い取って、開いた。

「大吉だ……。それに、〝出産〟安産……。あのときに入れ替わっちまったんでえ。なんてこった」

久蔵は天を仰いだ。万造は猪口を持った。

「まったく、おれたちの真似をしようなんざ、十年早《はえ》えや。なあ、松ちゃん」

「おうよ。修業が足りねえってことよ」

お染は猪口を置いた。

「それだけじゃないんだよ。文七さんが寺島村の普請場で足を挫いたそうだ。何でも地べたの穴に気づかなかったとかで。その、おみくじの〝商売〟ってとこを読んでごらん」

久蔵は大凶のおみくじを顔に近づける。

「北東に落とし穴あり……」

「寺島村は、お糸ちゃんが住んでる八軒長屋からは北東になるだろう。おみくじが当たっちまったたってことじゃないか。そのおみくじに、出産は難ありって書いてありゃ、気に病《や》むのも仕方ないだろう」

万造は辰次の頭、松吉は久蔵の頭を小突《こづ》く。

「余計なことをしてくれたもんだぜ」

「まったくだぜ」

辰次と久蔵はうなだれる。お染は小さな声で笑った。

「あんたたちに悪気がないってことはわかってるさ。文七さんにも言われたよ、あんたたちを責めないでくれってさ。運と間《ま》が悪かったたってことだねえ」

松吉は辰次、久蔵、金太の三人に酒を注ぐ。

「オチがついたところで呑もうじゃねえか。とどのつまりは、だれも悪くねえってこった」

それぞれが猪口に口をつけた。お染はみんなを見回すようにして――。

「とにかく、お糸ちゃんのことは静かに見守ることにしよう。長屋のみんなにもそれとなく話しておくから」

辰次が呟いた。

「本当に、とんでもねえことをやっちまったなあ。お糸ちゃんには、なんとしても元気な赤ん坊を産んでもらわねえとなあ」

久蔵は辰次の言葉を続けるように――。

「もし、お糸ちゃんに何かが起きたら、おみくじのせいってことになってしまいますから」

万造が怒鳴《どな》る。

「馬鹿野郎《ばかやろう》。縁起《えんぎ》でもねえことを抜かすんじゃねえ。そんなことが起こるはずがねえ。ねえ、お染さん」

お染は頷く。

「とにもかくにも、お糸ちゃんには元気になってもらわないとね」

万造がお染に酒を注ぐ。

「何か策はあるのかい」

お染は黙ってその酒を呑む。

「そうだねえ……。ど、どうしたんだい、久蔵さん」

久蔵は、大凶のおみくじを見つめている。

「〃身内の食あたりに気をつけよ〃って書いてありますけど……」

八五郎とお里が腹痛を起こし、聖庵堂に運ばれたのは、その夜のことだった。

三

昼下がりに突然、お糸を訪ねてきたのは久蔵の女房、お梅《うめ》だ。お梅はお糸より一つ年下で、おけら長屋で一緒に育った仲だ。お梅は小さいときから引っ込み思案で、自分からお糸のところに訪ねてくることなど滅多にない。お糸とお梅は決して仲が悪いわけではなかったが、いきなりの訪問に、お糸は少し面食《めんく》らった。

お梅は座敷に上がると、負《お》ぶっていた亀吉《かめきち》を下ろした。亀吉はすっかり寝入っている。

「この座布団《ざぶとん》を借りるね。押上村《おしあげむら》に用事があっての帰り道なんだけど、なんだか、お糸ちゃんの顔が見たくなっちゃって」

お梅は小さいころから、感情を表に出さない子だった。いや、出すのが苦手だったのかもしれない。近所の悪ガキに苛《いじ》められると、お糸はすぐに泣いたが、お梅は決して泣かなかった。お糸は、外見からは思いもつかないお梅の芯の強さを感じとっていた。

お梅は、同じ長屋に住む久蔵に、ほのかな思いを寄せていたが、十七歳のときに湯屋で見知らぬ男に襲われて身籠《みご》もった。お梅は自分が身籠もったことをだれにも言えなかったが、容赦《ようしゃ》なく腹はせり出してきて、いつまでも隠してはいられない。お梅のことを不憫に思った万松の二人は、半ば強引に久蔵を説得して、久蔵とお梅に所帯《しょたい》を持たせた。そして、亀吉が生まれた。

お糸は思う。お梅は自分よりも若いのに、壮絶なことが身に起こった。心にも、身体《からだ》にも。自分なら見知らぬ男に襲われたら、死を選んでしまうかもしれない。その男の子供を身籠もったときに何を思ったのだろうか。その子供にはどうやって接すればよいのか。そして久蔵に対する思い……。お糸には計り知れないことばかりだ。お梅に尋ねてみたいが、とてもそんなことはできない。お梅の心には辛《つら》い思い出が残されているだけだろうから。

お梅は亀吉を座布団に寝かせながら——。

「思い出すよ。私が身籠ったときのことを。それを知ったお糸ちゃんは三日三晩、泣き腫《は》らしてくれたんだってね。お梅ちゃんがかわいそうだって。おっかさんが言ってた」

お糸もそのときのことは、よく覚えている。

「身籠ったことが自分でわかったとき、死のうと思った。だって、どうやって生きていけばいいの。私を襲った男の子供なんて育てられるわけないよ。私は久蔵さんのことが好きだった。それも儚《はかな》い夢で終わる。もう、とても生きていけないと思った」

お糸には何も言えなかった。

「陽《ひ》も暮れかかったころ、両国橋《りょうごくばし》の上から大川《おおかわ》（隅田川《すみだがわ》）を眺めていたら、だれかに声をかけられた。振り返ると、そこに立っていたのは島田さんだった。私が身籠ったことは、まだだれも知らない。でも、私の背中に何か書いてあったんだろうね」

《お梅ちゃん。もう暗くなるから一緒に帰ろう。さあ……》

お梅は促《うなが》されるようにして鉄斎と歩いた。
《いいもんだな。こうして自分の娘みたいなお梅ちゃんと歩くのは。羨《うらや》ましいよ、卯之吉《うのきち》さんやお千代《ちよ》さんが。でも、逆も言えるな》
《逆って？》
《お梅ちゃんのことも羨ましい。卯之吉さんやお千代さんのような両親《ふたおや》がいて。何が起こったって、命をかけてお梅ちゃんのことを守ってくれるからなあ。でも、卯之吉さんやお千代さんだけじゃない。おけら長屋の人たちだって同じだ》
《島田さんもですか》
《ああ。もちろんだ、いつだって、お梅ちゃんの味方だ》
お梅は眠っている亀吉に目をやった。
「私、その言葉を聞いて、この子を産んで育てようって思ったの。私のことがおけら長屋の人たちに知れて……。でも、私を白い目で見る人なんて一人もいなかった。万造さんと松吉さんは、私のところに来てこう言ったの」

《お梅ちゃん。久蔵がお梅ちゃんと所帯《しょてえ》を持ちてえと言ってきたら、一緒になってやってくれ。お梅ちゃんに対する同情なんかじゃねえ。あいつは必ず、心の底からお梅ちゃんと一緒になりてえと言ってくる。そのときは頼んだぜ》

「結局は、島田さんや、万造さんや、松吉さんの言う通りになっちゃった。心配して損しちゃったよ。お糸ちゃん、世の中は丸くできてるんだよ。角がなくて、あちこちに転《ころ》がって。でも、最後には丸く収まるんだよ」

「世の中は丸くできてる……」

お糸は、自分の心に春風が吹いて、淀《よど》んでいた雲が消えていくような気がした。

「そうだね。お梅ちゃんの言う通りだね」

お糸は笑った。いつものお糸の笑い方だ。お梅は心の中で呟く。

（これでいいんですよね、お染さん）

そのとき、引き戸が開いて入ってきたのは、お菜美だ。

「あら、お梅ちゃん。来てたんだ」

「うん。押上村に用事があって、帰りに寄ったんだ」

お菜美は二人の間に割り込むようにして座ると、胸に抱えていた紙包みを開く。

「佐久助さんが鼻緒を挿げた夫婦《めおと》下駄だよ。どうしても、文七さんとお糸ちゃんに履《は》いてほしいんだって」

お菜美はその下駄をお糸に押し付けた。大きな下駄には黒い鼻緒、ひと回り小さな下駄には赤い鼻緒が挿げてある。お糸は、ひとしきりその下駄を眺めると胸に抱き締めた。

「お糸ちゃん、そんなに強く抱き締めたら、お腹の赤ちゃんが苦しがるよ」

「そうだね」

三人は笑った。その声に驚いたのか、亀吉が泣き出す。お菜美は亀吉の顔を覗《のぞ》き込む。

「はいはい、ごめんね。亀吉も歩けるようになったんだから、下駄を持ってくればよかったね。今度は必ず持ってくるからね。あら、いやだ。泣き止《や》んだよ」

また、三人が笑った。

「やけに、楽しそうじゃねえか」

声の方を見ると、そこに立っていたのは文七だ。

「お前さん。佐久助さんがね、お前さんとあたしに夫婦下駄を挿げてくれたんだよ」

お糸の笑顔を見た文七は胸を撫で下ろす。もう、お糸は大丈夫だ。


酒場三祐で呑んでいるのは、万造、松吉、鉄斎の三人だ。万造は鉄斎に酒を注ぐ。

「お染さんが根回ししたおかげで、おけら長屋もだいぶ落ち着いてきたみてえですね」

鉄斎は口に運びかけていた猪口を止めた。

「徳兵衛さんも心配していたんだ。みんなが浮き足立っているのをな。ややもすると、そういうときに何かが起こるものだとな」

松吉は酒を呑み干した。

「大家《おおや》の野郎、縁起でもねえことを言いやがって。そういうことを言ってるから運気に見放されるんでえ」

鉄斎は苦笑いを浮かべる。

「ところで、魚辰《うおたつ》さんと、久蔵さんはどうしてる」

万造は笑った。

「あいつら、おみくじのことを気にしちまってよ。犬山神社に日参《にっさん》してるそうでえ」

「佐平《さへい》さんか喜四郎《きしろう》さんあたりに、〝お糸ちゃんのお産で何かあったら、おめえたち、タダじゃ済まねえぞ〟なんぞと脅《おど》かされたんだろうよ。あいつらには、いい薬でえ」

鉄斎は手にしていた猪口から酒を呑んだ。

「まあ、とにかく、お糸ちゃんは元気になったそうだからよかったな」

「しかし、お染さんには驚いたねえ。まさか、お梅ちゃんを刺客《しかく》に飛ばすとはよ。考《かんげ》えてみりゃ、うってつけだぜ」

「だれが何を言うよりも言葉に重みがあらあ」

鉄斎は頷いた。


三日後の朝――。

お糸は産気づいて、八軒長屋から聖庵堂の離《はな》れに運ばれた。それを知った、おけら長屋は色めき立つ。万造と松吉が井戸端に行くと、何人かが集まっている。お里は聖庵堂に向かったようで姿が見えない。万造はお咲に尋ねる。

「八五郎さんはどうしたんでえ」

「さあ……。お里さんと一緒に行ったんじゃないのかい」

松吉が割り込む。

「あんな融通《ゆうずう》の利かねえ男が聖庵堂に行ったところで、何の役にも立ちゃしねえ。それにあの気質でえ。どこぞの神社にでも行って、手を合わせているに違《ちげ》えねえ」

「まあ、そんなところだろうよ。ところで、おれたちは何をすればいいんでえ。何でも言ってくれや」

お染は笑った。

「それじゃ、お願いしようかね」

「な、なんでえ」

「お願いだから、何もしないでおくれよ。この期に及んで余計なことをされたら堪（たま）らないからね。ほら、さっさと仕事にお行きよ。また、番頭《ばんとう》さんをしくじっちまうよ。何かあれば、すぐに知らせてあげるからさ」

万造は子供のように地団駄《じだんだ》を踏《ふ》む。

「そんなことを言われたって、仕事なんざ手につきゃしねえや。ねえ、旦那《だんな》」

鉄斎は苦笑いを浮かべる。

「ああ、私もだ。剣術の稽古どころではないな」

松吉が鉄斎の着物の袖《そで》を引く。

「旦那、こうなったら仕方ねえ。前祝いってことで呑んじまいましょうか。酒でも呑まなきゃ、やってられねえでしょう」

「それしかないかもしれんなあ」

お染は呆《あき》れる。

「旦那まで何を言ってるんですか」

お奈津が真面目な表情《かお》で口を挟む。この中で子供を産んだことがあるのはお奈津だけだ。

「お糸ちゃんは産気づいて運ばれただけでしょう。生まれるまでには、だいぶ時《と》間《き》がかかるはずですよ」

お染はお奈津の話を受けて――。

「お酒は無事に生まれてからにして、ほら、仕事に行った、行った。旦那もですよ。お咲さん、お奈っちゃん。あたしたちは交代で聖庵堂に様子を見に行こう。手伝うことになるかもしれないからね」

お咲とお奈津は、頷きながら前掛けで手を拭《ふ》いた。


その日の夜になっても、聖庵堂からは何の知らせもない。松吉の家で呑んでいるのは、万造、松吉、鉄斎の三人だ。

「いくら呑んでも酔《よ》いやしねえ。これなら水を飲んでる方が安上がりだ」

「まったくでえ。酒の味のする水ってえのはねえもんかな」

「それを、酒っていうんじゃねえのか」

鉄斎は腕を組んで、目を瞑《つぶ》ったままだ。

引き戸が勢いよく開き、傘を畳みながら入ってきたのはお染だ。

「すごい雨だねえ。遠くで雷が鳴りだしたよ」

お染は濡《ぬ》れた肩を手で払う。

「みんな同じところに集まっておくれよ。大家さんのところにはご隠居。佐平さんのところには喜四郎さん。魚辰さんのところには久蔵さんと金太さん。まったく、手間がかかって仕方ないよ」

万造は身を乗り出す。

「前口上《まえこうじょう》はいいからよ。そ、それで、どうなったんでえ」

お染は前掛けで額の汗を拭くと、土間に足を置いたまま座敷の縁《ふち》に腰を下ろした。表情《かお》からは疲れが滲《にじ》み出ている。朝から休む間もなかったのだろう。

「あたしにも一杯おくれよ。みんなには内緒だよ」

お染は茶碗酒を一気に呑み干した。

「くぅ〜。五臓六腑《ごぞうろっぷ》に沁《し》み渡るっていうのはこのことだね。なんせ、朝から何も食べてないからさ」

お染は茶碗を置いた。

「お糸ちゃんは、普通の人より産気づいてから産まれるまでが長いみたいだね。珍しいことじゃない。初産《ういざん》の場合は二日かかる人もいるそうだから。ただね……」

「ただ、どうしたんでえ」

「お糸ちゃんの身体に負担がかかるのが心配だって。お産っていうのは女にとっちゃ、命に関わることだからね」

万造、松吉、鉄斎には返す言葉がない。引き戸が開いて、飛び込んできたのはお咲だ。

「ふー、こんなに濡れちまったよ。お染さん、やっぱりここにいたのかい」

「どうしたんだい」

「お菅さんが言うには、そろそろらしいよ。なのにうちを覗いたら、うちの宿六《やどろく》と喜四郎さんは酔い潰れちまってるじゃないか。そういう芸当は万松に任《まか》せておけってんだよ。そ、そうだ。大家さんにも知らせなきゃね」

万造が立ち上がる。

「大家には知らせなくていい。大家は病み上がりでえ。聖庵堂で赤ん坊に風邪でも感染《うつ》しやがったら洒落にならねえ」

「魚辰さんのところはどうしようか」

松吉が立ち上がる。

「知らせなくていい。あそこには金太がいるんでえ。ややこしくなるだけでえ。よし、それじゃ出陣でえ」

鉄斎も立ち上がった。


お染たち五人が聖庵堂に着くと、そこにいたのは、文七、八五郎、お里だ。その部屋には期待と不安が漂《ただよ》っている。しばらく会話もなかったのだろう。それぞれが胸に思いを秘めて、心の中で祈っているように思えた。万造と松吉と鉄斎は部屋の隅《すみ》に座った。そこにやってきたのは、お菜美と辰次と久蔵だ。お里が歩み寄る。

「お菜美ちゃん。来てくれたのかい」

「おばさん、ごめんなさい。何の役にも立たないのに。でも居ても立ってもいられなくて……」

「お令ちゃんは……」

「おっかさんが面倒をみてくれてます」

万造は辰次と久蔵に——。

「なんでえ、おめえたちは。呼んでもいねえのに来やがって。もっとも、おれたちも呼ばれちゃいねえがな」

辰次と久蔵は一同に頭を下げた。

「申し訳ねえ。だけど気になっちまって。松吉さんの家を覗いたらもぬけの殻《から》なんで、聖庵堂に行ったんじゃねえかと……」

「邪魔はしませんから。お願いです、部屋の隅にでもいさせてください」

部屋の引き戸が静かに開いて、入ってきたのはお満《まん》だ。お満の表情《かお》は青ざめている。お満は、文七、八五郎、お里の近くに寄った。

「三人にお話があります。申し訳ありませんが、他の方は席を外《はず》してもらえませんか」

万造には、お満が努《つと》めて落ち着こうとしているように見えた。ただごとではない。八五郎は低い声で――。

「女先生。何が起こったかは知らねえが、ここで話してくんな。ここにいる人たちは、みんなお糸の身内でえ。隠しごとなんざ何にもねえんだよ。そうだろう、文七……」

文七は力強く「へい」と返事をした。お満は頷く。

お満は大きく息を吸い込んだ。

「……お菅さんが言うには、お腹の子は逆子《さかご》だと……。頭が下になっていないのがわかるそうです。赤ちゃんの身体は頭から出るようになっているんです。逆子だと……」

八五郎は落ち着いている。

「逆子だとどうなるんでえ」

お満は感情を抑えて話す。

「無理に引き出すと、赤ちゃんが死んでしまうことがあります。たとえ命は取り留《と》めたとしても身体のあちこちに差し障りが出て……。それに、お糸さんの身体も傷つけてしまうかもしれません。ただでさえ産気づいてからが長くて、お糸さんの身体には大きな負担がかかっています。お糸さんがもつかどうか……」

部屋は静けさに包まれる。外の雨音が聞こえてくるだけだ。だれも、何も答えない。答えることができないのだ。

「もし、赤ちゃんが頭から出てこなかったら……。覚悟を決めて無理矢理に取り出すか、赤ちゃんが……」

「赤ん坊がどうなるんでえ。はっきり言ってくれ」

「赤ちゃんが死ぬのを待つしかないそうです。このままでは、赤ちゃんは一刻ももたないかもしれない。ですから、今から四半刻《しはんとき》（三十分）の間に、どちらを選ぶか決めてください。聖庵先生も、その二つに一つしかないとおっしゃってます」

お律《りつ》が呼びに来たので、お満はお辞儀《じぎ》をすると部屋から出ていった。

「そんなあ……」

お菜美は茫然《ぼうぜん》とする。一同は声も出せない。八五郎は文七の方を向いた。

「どうする、文七。お糸はおめえの女房だ。お糸の腹にいるのはおめえの子だ。

おめえの好きなようにしろ。たとえどうなろうと、おれは後悔もしねえし、おめえを責めたりもしねえ。お里、文句はねえな」

お里は頷いた。文七は目を閉じる。部屋の中は水を打ったような静けさに包まれた。閉じている文七の目からはひと筋《すじ》の涙が流れた。

「赤ん坊も救いてえ。お糸も救いてえ。どっちも助かるなら、あっしの命なんざこの場でくれてやりまさあ。恋女房と、てめえの子を天秤《てんびん》にかけることなんざ、できるわけがねえ。だが……」

文七は目を開いた。

「赤ん坊は諦《あきら》めまさあ。八五郎兄いとお里さんから頂戴《ちょうでえ》した大事《でえじ》な一人娘を死なすわけにはいかねえ」

文七は両手を合わせた。

「すまねえ。許してくれ。すまねえ……」

文七は、まだ見ぬ我が子に詫《わ》び続けた。みんなが泣いていた。万造は拳《こぶし》を握り締め、松吉は唇《くちびる》を嚙《か》み締《し》め、お染は両手で顔を覆った。八五郎は膝を拳で叩いた。

「わかった。文七。おめえの気持ちはわかったぜ」

八五郎は鉄斎に――。

「旦那。これでいいんでしょう。これでいいんですよね……。旦那。なんとか言ってくだせえよ、旦那……」

八五郎の目からは涙が溢《あふ》れ出る。鉄斎は何も言うことができない。外からは雨音と雷の音が聞こえてくるだけだ。

辰次と久蔵が文七の足下《あしもと》で両手をついた。

「申し訳ねえ。おれたちのせいだ。申し訳ねえ」

「許してください。私たちのせいです、罰《ばち》が当たったんです」

万造は土下座《どげざ》をする二人の襟首《えりくび》を鷲《わし》づかみにすると、元の場所へと引きずった。

「何を言っていやがる。てめえたちには関わりねえんだよ。くだらねえことを抜かしやがるとぶん殴《なぐ》るぞ」

辰次は涙でくしゃくしゃになった顔を上げる。

「でも、おれたちが、あんなことを……」

松吉が辰次の顔を殴りつけた。

「黙れ、この野郎。二度とそんなことを口にしやがったら、おけら長屋から叩き出すからな」

お染が立ち上がった。

「なんだい、なんだい。まだそうと決まったわけじゃないだろう。お糸ちゃんが産む子だよ。いつだって、自分のことよりも人様のことを考えるお糸ちゃんを、お天道様《てんとう》が見放すわけがない。そうだろう」

お菜美も立ち上がった。

「そうですよ。お染さんの言う通りです」

万造と松吉は、辰次と久蔵の背中を叩いた。

「どいつもこいつも、お涙頂戴の猿芝居《さるしべえ》をしやがって」

「そんな辛気臭《しんきくせ》え面《つら》をしてると運気に見放されちまわあ」

そのとき——。雷の音と共に閃光《せんこう》が走り、建物が揺《ゆ》れた。女たちは悲鳴をあげる。

「落ちやがった。近くだぜ」

八五郎は、思わず外に飛び出そうとした文七の腕をつかんで止める。

万松の二人が飛び出していったが、しばらくすると戻ってきた。

「心配《しんぺえ》ねえ。家には落ちていねえ」

「離れの前にある庭の木が真っ二つに折れてやがる。あの木に落ちやがったんでえ」

雨足は強まり、まるで滝の中にいるかのようだ。お菜美はお染の袖にとりついて震《ふる》え、辰次と久蔵は土間にひざまずいて手を合わせている。

どれほどの時間《とき》がたっただろうか。スッと涼しい風が通り、行灯の灯がゆらりと揺れた。

そのとき、廊下の先から足音が聞こえた。

引き戸を開いて入ってきたのは、お満だ。お満の身体は震えている。文七は立ち上がると、お満の前に立った。

「お満さん。赤ん坊は諦めます。その代わり、お糸だけは助けてやってくだせえ」

お満は文七の言葉など聞いていない。

「う、う……、う……」

「仕方ねえ。お糸に生まれた子を抱かせてやりたかったですが、諦めまさあ」

「お、お、男の子です」

「は？」

「生まれたんです。生まれたんですよ」

文七は茫然としている。

「さ、さっきは、さ、逆子だって……。死ぬってえのは……」

「か、雷です。雷なんですよ」

そう言うと、お満は文七の手をつかんで、飛び跳《は》ねんばかりに振った。

「さっき雷が落ちたでしょ、そのときに、お糸さんの身体が跳ね上がったんです。そしたら、お糸ちゃんが急に叫び声をあげて」

「さ、叫び声、お糸の叫び声なんか聞こえなかった」

「雨の音で聞こえなかったんでしょう。そのとき、私にはお糸さんのお腹が光ったような気がしました。そしたら」

「そ、そ、そしたら……」

　文七は、ぶるぶると震え出した。

「なんだかよくわからないけど、本当に信じられないけど、逆子がなおっちゃったんですよ」

「な、なんだと〜」

　万造、松吉が同時に叫んだ。

「お糸さんも赤ちゃんも、元気です」

　万松の二人は文七に駆け寄って、文七の胸を拳で殴る。

　元気な赤ん坊の泣き声が聞こえた。いつの間にか雨も止んだらしい。

「ほら、聞こえるでしょ。赤ちゃんですよ、男の子ですよ」

　八五郎とお里は何が起こったのかわからないようで、見つめ合ったままだ。お染とお菜美はその場に座り込み、辰次と久蔵は抱き合って泣いた。そして、鉄斎は大きく息を吐き出した。

「もう少しここで待っててくださいね。支度《したく》ができたら呼びに来ますから」

　万松の二人は仁王立《におうだ》ちになる。

「そーれみろい。お染さんとおれたちの言った通りじゃねえか。お天道様がお糸ちゃんを見放すわけがねえんだよ。ざまあみやがれ」

「おうよ。おみくじなんざ、屁《へ》の河童《かっぱ》でえ」

久蔵は「そういえば……」と口走ると、懐からくしゃくしゃになった大凶のおみくじを取り出した。

「久蔵。てめえはまだそんなもんを持っていやがったのか。破いて捨てちまえ」

久蔵には、万造の言葉など耳に入らないようで、おみくじを開く。

「さ、最後に書いてありますよ。〝光させば好転す〟って」

「〝光させば好転す〟か……」

鉄斎はその言葉を繰り返した。


四半刻後――。

一同は身二つになったお糸母子と対面した。お糸の横には赤ん坊が寝ている。

文七は松吉に背中を押されて、お糸に歩み寄った。

「お、お前さん……」

文七は必死に涙を堪《こた》えるが、声は震えている。

「お糸……。よく頑張ったな。一時《いっとき》はどうなるかと思ったぜ」

「ご、ごめんね。心配かけちゃって」

「終わりよければ、すべてよしってこったあ」

そのとき――。

「決まったあ〜」

八五郎が突然、両手を叩いて叫ぶ。

松吉が迷惑そうな表情《かお》をする。

「うるせえなあ。いい場面なのによ。何が決まったんでえ」

「この赤ん坊の名前《なめえ》に決まってるじゃねえか。〝らいぞう〟だ」

「らいぞう……」

「おおよ。この子はなあ、雷様の申し子なんでえ。〝ぞう〟は文蔵親方の蔵だぜ。どうでえ、文七。男らしくて、でっけえ名前じゃねえか」

文七はしばらく黙っていたが――。

「雷蔵《らいぞう》……。いい名前だ。雷蔵。いい名前じゃねえですか」

お糸は隣で指を動かしている赤ん坊に目をやって「雷蔵」と呟いた。

部屋の隅でそんな光景を見ていたお満は、そっと部屋から抜け出した。渡り廊下から雨に煙《けむ》る庭を眺めていると涙が溢れ出す。

「女先生よ。一人前《いちにんめえ》の医者になったな」

振り返ると、そこに立っているのは万造だ。

「ちゃんとみんなに、辛《つれ》え台詞《せりふ》が言えたじゃねえか。立派だったぜ」

お満は万造の胸に飛び込んで泣いた。

「辛かったよ。泣きそうになったよ。私には言えないと思ったよ。でも、医者だから。私は医者だから……」

「なんでえ。やっぱりまだ、半人前《はんにんめえ》じゃねえか」

万造は優しく、お満の肩を抱きしめた。

編集協力——武藤郁子

この物語はフィクションであり、実在した人物・団体などとは一切関係ございません。

本書は、書き下ろし作品です。

著者紹介
畠山健二（はたけやま　けんじ）
1957年、東京都目黒区生まれ。墨田区本所育ち。演芸の台本執筆や演出、週刊誌のコラム連載、ものかき塾での講師まで精力的に活動する。著書に『下町のオキテ』（講談社文庫）、『下町呑んだくれグルメ道』（河出文庫）、『超入門！ 江戸を楽しむ古典落語』（ＰＨＰ文庫）、『粋と野暮 おけら的人生』（廣済堂出版）など多数。2012年、『スプラッシュ マンション』（ＰＨＰ研究所）で小説家デビュー。文庫書き下ろし時代小説『本所おけら長屋』（ＰＨＰ文芸文庫）が好評を博し、人気シリーズとなる。

ＰＨＰ文芸文庫　本所おけら長屋（十四）

2020年４月７日　第１版第１刷
2023年５月10日　第１版第６刷

著　者　　畠　山　健　二
発行者　　永　田　貴　之
発行所　　株式会社ＰＨＰ研究所
東京本部　〒135-8137 江東区豊洲5-6-52
文化事業部　☎03-3520-9620（編集）
普及部　☎03-3520-9630（販売）
京都本部　〒601-8411 京都市南区西九条北ノ内町11
PHP INTERFACE　https://www.php.co.jp/
組　版　　朝日メディアインターナショナル株式会社
印刷所　　図書印刷株式会社
製本所　　東京美術紙工協業組合

　ISBN978-4-569-90002-5

PHP文芸文庫

鯖《さば》猫《ねこ》長屋ふしぎ草紙（一）〜（八）

田牧大和 著

事件を解決するのは、鯖猫⁉ わけありな人たちがいっぱいの「鯖猫長屋」で、不可思議な出来事が……。大江戸謎解き人情ばなし。

PHP文芸文庫

風待《かぜまち》心中

山口恵以子 著

江戸の町で次々と起こる凄惨な殺人事件、そして驚愕の結末！　男と女、親と子の葛藤が渦巻く、一気読み必至の長編時代ミステリー。

PHP文芸文庫

スプラッシュ マンション

畠山健二 著

マンション管理組合の高慢な理事長にひと泡吹かすべく立ち上がった男たち。奇想天外なその作戦の顚末やいかに。わくわく度満点の傑作。

まんぷく

〈料理〉時代小説傑作選

宮部みゆき、畠中 恵、坂井希久子、青木祐子、中島久枝、梶よう子 著／細谷正充 編

いま大人気の女性時代作家がそろい踏み！ 江戸の料理や菓子をテーマに、人情に溢れ、味わい深い名作短編を収録したアンソロジー。

PHP文芸文庫

ねこだまり

〈猫〉時代小説傑作選

宮部みゆき、諸田玲子、田牧大和、折口真喜子、森川楓子、西條奈加 著／細谷正充 編

今読むべき女性時代作家の珠玉の名短編！愛らしくも、ときに怪しげな存在でもある猫の、魅力あふれる作品を収録したアンソロジー。

PHP文芸文庫

白村江《はくそんこう》

荒山徹　著

「週刊朝日　歴史・時代小説ベスト10」第1位！「白村江の戦い」の真の勝者とは――激動の東アジアを壮大なスケールで描く感動巨編。

PHP文芸文庫

帰《き》蝶《ちょう》

諸田玲子 著

斎藤道三の娘で織田信長に嫁いだ帰蝶（濃姫）。その謎多き人生に大胆に迫り、女の目線から信長の天下布武と本能寺の変を描いた衝撃作。

PHP文芸文庫

墨龍賦《ぼくりゅうふ》

葉室麟 著

建仁寺の「雲龍図」を描いた男・海北友松。武士の子として、滅んだ実家の再興を夢見つつ、絵師として名を馳せた生涯を描く歴史長篇。

PHP文芸文庫

光秀

歴史小説傑作選

冲方丁、池波正太郎、山田風太郎、新田次郎、植松三十里、山岡荘八 著／細谷正充 編

2020年の大河ドラマの主人公は、明智光秀！　青年期から本能寺の変、そしてその後まで、豪華作家陣による小説でたどる傑作アンソロジー。